Hubert Luschka

Die Nerven in der harten Hirnhaut

Anatiposi

Hubert Luschka

Die Nerven in der harten Hirnhaut

Unveränderter Nachdruck der Originalausgabe von 1850.

1. Auflage 2023 | ISBN: 978-3-38240-176-4

Anatiposi Verlag ist ein Imprint der Outlook Verlagsgesellschaft mbH.

Verlag: Outlook Verlag GmbH, Zeilweg 44, 60439 Frankfurt, Deutschland
Vertretungsberechtigt: E. Roepke, Zeilweg 44, 60439 Frankfurt, Deutschland
Druck: Books on Demand GmbH, In de Tarpen 42, 22848 Norderstedt, Deutschland

Die Nerven
in der harten Hirnhaut.

Eine anatomische Abhandlung

von

Dr. Hubert Luschka,

ausserordentlichem Professor an der Universität zu Tübingen.

Nullos dura membrana encephali habet nervos.
Haller.

Mit drei Steindrucktafeln.

Tübingen, 1850.
H. Laupp'sche Buchhandlung.
(Laupp & Siebeck.)

Schnellpressendruck von H. Laupp jr.

Vorwort.

In einer Zeit, in welcher man sich bereits daran gewöhnt hat, die Anatomie vorzugsweise von dem mikrographischen Standpunkte aus zu behandeln, in welcher man andererseits für die Physiologie von der physikalisch-chemischen Untersuchungsmethode das meiste Heil erwartet, zählen vielleicht speziell anatomische Arbeiten zu den undankbaren Bemühungen.

In der That hat man der modernen Richtung und der Meinung huldigend, dass es in der sogenannten gröberen Anatomie längst zum völligen Abschlusse gekommen sei, hierin sich schon zu sehr von einer selbstständigen Forschung entfernt. Die selbst gewonnene Ueberzeugung, wie Vieles noch in ein Dunkel gehüllt ist, wie sehr vor Allem eine tüchtige anatomische Bildung für die Praxis, wie für die Weiterbildung der Wissenschaft in der Medizin Noth thut, bestärken uns jedoch, diese Seite nach Kräften zu pflegen und ihr ganz das Wort zu reden, unbekümmert um das Urtheil solcher, welche den höheren Werth der Anatomie verkennen und den Vertretern derselben höchstens nur eine Fingerfertigkeit beizumessen geneigt sind.

Seitdem das anatomische Messer durch die Schärfe des Geistes jene Resultate erlangte, welche mit zu den Zierden des Jahrhunderts gehören, seitdem erst besteht eine solide Grundlage in der Medizin, die bleiben wird, wenn so manches Ergebniss jetzt zum Theile zu einseitig verfolgter Methoden längst im Strome der Zeit untergegangen ist.

Nirgends aber erscheint das Bedürfniss einer genauen Kenntniss des materiellen Substrates fühlbarer als da, wo es sich um die Aufhellung der Aeusserungen des Nervenlebens im gesunden und kranken Zustande handelt. Zur Stunde wenigstens ist sie die wichtigste Handhabe und der sicherste Weg eines erfolgreichen Weiterschreitens. Wir meinen, dass Alles, was hierin geboten wird, mindestens eine wohlwollende Aufnahme verdiene. Mit diesem Glauben übergeben wir die folgenden Blätter der Oeffentlichkeit. Sie enthalten das Resultat einer Bemühung, welche dahin ging, die Bedeutung der Nerven, welche in der harten Hirnhaut wahrgenommen, in ihrer Beziehung aber nur wenig gekannt sind, nachzuweisen. Wenn unser Motto den Schein wirft, als wären wir mit unsern Beobachtungen in eine frühere Zeit zurückgefallen, so ist dies eben nur ein Schein. In Wahrheit aber glauben wir dargethan zu haben, dass in der dura mater wirklich Nerven verlaufen, dass sie aber nicht ihrem G e w e b e angehören, sondern Gebilden, welche von ihr eingeschlossen oder bedeckt werden, der Haut der Blutleiter nämlich und Knochen des Schädels.

Indem wir diesen Zeilen eine freundliche Aufnahme wünschen, empfehlen wir noch unsern Gegenstand einer unbefangenen Prüfung.

Tübingen, im März 1850.

H. Luschka.

Geschichtlicher Ueberblick.

Es ist eine durch Jahrhunderte hindurch getragene Controverse, ob der harten Hirnhaut Nerven zukommen oder nicht. Seitdem in dieser Hinsicht jenes Gebilde Gegenstand des Nachdenkens und der Forschung geworden ist, konnte bis zur Stunde eine Einmüthigkeit der Ansichten nicht gewonnen werden. Je nach der gangbaren Anschauungsweise überhaupt, oder dem Stande des speziellen anatomischen Wissens, wurde die Frage bald bejahend, bald entschieden verneinend beantwortet. Schon ziemlich frühe suchten die Zergliederer in verschiedener Weise die Ansicht zur Geltung zu bringen, dass die dura mater Nerven besitze. Es hängt dies vielleicht zunächst mit der einst gehegten Meinung zusammen, dass die harte Hirnhaut ein der Zusammenziehung fähiges Gebilde sei, bestehend aus Faserbündeln und Sehnensträngen gleich dem Herzen. Pacchioni nahm keinen Anstand, darnach die harte Hirnhaut als Herz des Nervensystems anzusehen, an welchem ebenfalls Höhlen wahrzunehmen seien. Willis [1]), welcher wie es scheint, zuerst die Ansicht von einer Contractilität jener Haut in die Wissenschaft brachte, war auch der Erste, welcher der dura mater Nerven zuschrieb. Ihm schlossen sich, indem sie die verschiedensten Nerven als Ursprungsstellen aufführen, eine grosse Anzahl von Beobachtern an. So theilen seine Angabe des Ursprunges aus dem

---

[1]) Cerebri anatome 12. Amst. 1664.

1

fünften Paare: Vieussens [1]), Ridley [2]), Winslow [3]), Lieutaud [4]), Laghi [5]), Boerhaave [6]), le Cat [7]). Das sechste Gehirnnervenpaar wird von Huber [8]) bezeichnet. Aus dem siebenten lassen Valsalva [9]) und Lancisi [10]) Nerven zur Hirnhaut abgehen. Simoncellius [11]) und Pacchioni [12]) geben das achte Paar an, während Senac [13]) auch das zehnte als Ursprungsstelle namhaft macht. Schon die Angaben über den Ursprung der Nerven sind zum Theile so vag und stehen mit einer auch nur einigermassen geläuterten Naturanschauung in einem solchen Widerspruche, dass man sich der bestimmtesten Ueberzeugung hingeben darf, dass jene Forscher auch nicht annäherungsweise die Wahrheit erkannten. Bei der Betrachtung mancher Angaben liegt der Gedanke nahe, dass dieselben einer bestimmten Auffassungsweise zu Liebe nicht der Natur entnommen, sondern erfunden wurden. Man überredete sich, dass eine Haut, welche das Centralorgan des Nervensystemes einschliesst, die feinste Empfindung und also Nerven besitzen müsse. In einer Zeit, als man die dura mater als den Ursprung aller Häute des Körpers ansah, erschien eine Empfindungslosigkeit derselben ein nicht einzuräumender Widerspruch. Die Experimente, welche von Pacchioni [14]) und Baglivi [15]) gemacht wurden, waren nur wenig ge-

---

1) Neurographia universalis. L. B. 1685.
2) Anatomy of the brain. London 1695.
3) Exposit. anat. tom. III.
4) Essais anatom. Paris 1742.
5) Raccolti di vari autori da Giacinto Bartholomeo Fabri parte secunda. Bologne 1757.
6) De morbis nervorum, ed. van Eems.
7) Diss. sur la sensibilité de la dure mère. Berl. 1760.
8) De medulla spinali. p. 17.
9) De aure humana edid. Morgagni. c. III. §. X.
10) De sede cogit. anim.
11) Heister, comp. anat. n. 62.
12) Opusc. anatomic. de dura meninge cap. V.
13) Heister, comp. anatom. p. 612.
14) A. a. O.
15) Opp. omn. specim. de fibr. motric. p. 277.

eignet die Wahrheit zu ermitteln und stehen in geradem Gegensatze zu den Beobachtungen anderer, besonders von Petit, welcher an Hunden experimentirend aus den Erscheinungen eine Sensibilität der harten Hirnhaut nicht entnehmen konnte. Zinn [1]) und Castell [2]) haben von einem nüchternen Forschungsgeiste getrieben, durch Versuche an Thieren und Berücksichtigung pathologischer Zustände überzeugend dargethan, dass die Ansichten vieler ihrer Vorgänger über die Nerven der harten Hirnhaut und deren hohen Sensibilität, auf einem Irrthume beruhen müsse. Wenn diese Männer auf dem Wege des Experimentes die Unhaltbarkeit bisher gehegter Meinungen darthaten; so waren es von subjektiven Anschauungsweisen freie exacte anatomische Forschungen von Lobstein [3]), Meckel [4]) und Wrisberg [5]), welche die Missgriffe ihrer Vorfahren an den Tag legten. Es ist eine durch die trefflichen Arbeiten dieser Männer ausser allen Zweifel gesetzte Thatsache, dass die von frühern Anatomen angenommenen Nerven der harten Hirnhaut entweder nicht dieser Membran angehören, oder sich als entleerte feine Blutgefässe erweisen. Meckel fand als Grund der Täuschung das nicht selten vorkommende Abtreten einzelner Fasern des Stammes des Quintus in die nur locker zur Seite des Türkensattels aufliegende dura mater. Indem ältere Forscher wähnten, dass solche Fäden sich in der harten Haut des Gehirnes verbreiten und daselbst endigen, bezeichneten sie den dreigetheilten Nerven als Ursprungsstelle der Nerven zu derselben. Diesen Irrthum selbst mehrmals begangen zu haben, gesteht Wrisberg unumwunden ein, bis er durch grössere Sorgfalt erkannte, dass Nervenfäden oft

---

1) Experimenta quaedam circa corpus callosum, cerebellum, duram meningem, in vivis animalibus instituta. in Ludwig. scriptores neurologic. Tom. IV. p. 127.

2) Experimenta, quibus varias corporis humani partes sentiendi facultate carere constitit. in Ludwig. script. neurologic. Tom. IV. p. 164.

3) De nervis durae matris in Ludwig. script. 4. Tom. I. p. 79.

4) Tractatus de quinto pare nervor. 1748. p. 21.

5) Observationes anatomic. de quinto pare nerv. in Ludw. scr. n. Tom. V. p. 263.

auch die dura mater, auf welcher der Stamm des trigeminus liegt, durchbohren, aber nach kürzerem oder längerem Verlaufe zwischen den Platten jener Haut oder auch ausserhalb derselben sich wieder von Neuem an den Stamm, oder einen Ast desselben anlegen. Während Meckel ferner nachweist, dass die sonst unbegreifliche Angabe Valsalva's: als entspringen die Nerven zur harten Hirnhaut aus dem siebenten Paare, damit zusammenhängt, dass jener den nerv. Vidianus superficialis als spezifischen Hirnhautnerven aufführte, so ist es noch das besondere Verdienst von Lobstein und Wrisberg, an sehr vollständig injicirten Köpfen gezeigt zu haben, dass Manches, was die Beobachter vor ihnen als Nerven ansahen, höchst feine Blutgefässe waren, die von und zu dem Gasser'schen Knoten verlaufen. Sowohl aus einer in den Schriften jener Männer niedergelegten historischen Entwickelung der frühern Ansichten, als auch aus einer Vergleichung der Originalwerke gelangt man zu der Ueberzeugung, dass das, was man heut zu Tage unter Nerven der harten Hirnhaut begreift, in jener Zeit gänzlich unbekannt war, und dass jene Angaben mit einer klaren und genauen Anschauung in keiner Weise vereinbar sind. Seit Haller [1]), dessen Ansichten jene drei Männer durch objective anatomische Forschungen unterstützten, seit Haller, welcher hauptsächlich aus der Unempfindlichkeit der dura mater, wie dies aus Experimenten und aus der chirurgischen Praxis entnommen wurde, die Ansicht hegte, dass dieselbe der Nerven entbehre, war sein Ausspruch: „nullos dura membrana encephali habet nervos" bis zum Jahre 1826 ein Axiom.

Friedr. Arnold [2]) war es vorbehalten, durch die Entdeckung der Nerven im Gezelte, und jener welche die arteria meningea media begleiten, einen neuen Abschnitt in der Geschichte unseres Gegenstandes zu eröffnen. Zwar hatte sich Joh. Müller [3]) bemüht, jene

---

1) Elementa physiologiae. Auct. A. v. Haller. Lausannae 1762. Vol. V. lib. X.
2) Dissert. de parte cephalica nervi sympathici in homine. Heidelb. 1826.
3) Archiv für Anatomie und Physiologie v. Dr. Joh. Müller. Jahrg. 1837. p. 283.

Entdeckungen einem viel früheren Forscher, Comparetti, zu vindiciren; allein Arnold's [1]) kritische Beleuchtung des historischen Momentes widerlegte jene Angabe. So bewegt sich denn die neuere Geschichte nur um jene Nerven, und die meisten Anatomen, wenn sie überhaupt an Nerven der dura mater glauben, nehmen nur die Nerven im Gezelte an, indem sie bald das vierte Paar, bald den dreigetheilten Nerven, oder auch den Sympathicus als Quellen ansehen. Nur wenige gedenken der Nerven in der mittlern Schädelgrube und lassen sie entweder nur vom Ohrknoten abgehen, oder auch aus dem Ganglion Gasseri des Quintus, wie es in vereinzelten Fällen von Varrentrapp [2]), und zufolge seines Zeugnisses von Lauth beobachtet wurde. Auch Longet [3]) will von dem dreigetheilten Nerven abgehende Zweige in der harten Hirnhaut der mittlern Schädelgrube gesehen haben. Ebenso leitet Cruveilhier [4]) die hier von ihm beobachteten Nerven vom fünften Paare und insbesondere vom Gasser'schen Knoten desselben ab. Er fand 4 — 5 Fäden, die bald mehr in der Dicke der harten Haut, bald an der äussern Platte derselben verliefen. Purkinje [5]) spricht von Nervenbündeln, die er nach Behandlung der dura mater mit Essigsäure jedesmal an den Stellen am stärksten entwickelt fand, wo die Stämme der Arterien in die dura mater eintreten, also ohne Zweifel am Stamme und den grössern Zweigen der arteria meningea media, da an der art. meningea antica und postica absolut keine Nerven zu sehen sind. Sie verlaufen grösstentheils neben den Arterien und verbreiten sich nach Purkinje im Gewebe der harten Hirnhaut. Wie dieser Forscher die Nerven im Gezelte vom sympathischen Nerven ausgehen lässt, so nimmt er diese Ansicht auch für die von ihm

---

1) Bemerkungen über den Bau des Hirns und Rückenmarkes. Zürich 1838. p. 176.

2) Observationes anatomicae de parte cephalica nervi sympathici. Francofurti 1831. p. 33 u. 34.

3) Anatomie et Physiologie du système nerveux. Tom. I. p. 170.

4) Traité d'anatomie descriptive. 1845. Tom. IV. p. 180.

5) Archiv für Anatomie und Physiologie v. Dr. J. Müller. Jahrgang 1845.

in der mittlern Schädelgrube wahrgenommenen Nerven in Anspruch. Ganz dieselbe Angabe wurde früher schon von Chaussier gemacht, aber von seinen Landsleuten in keiner Weise bestätigt. Von ihm sagt Cruveilhier [1]): Il est évident que c'est par induction, et nullement de visu, qu'il a été conduit à les admettre.

Im Hinblicke auf die vielfachen Widersprüche, wie sie in der besondern hierher bezüglichen Literatur gegeben sind, in Anbetracht der grossen Unbestimmtheit über unsern Gegenstand, wie er sich noch in neuern Handbüchern der Anatomie kund giebt, glauben wir im Interesse unserer Wissenschaft zu handeln, die Resultate zahlreicher Beobachtungen hier niederzulegen. Die zur Untersuchung mitgebrachte, wir gestehen es offen, uns beherrscht habende Meinung, dass die dura mater wirklich ihrem Gewebe angehörige Nerven besitze: war lange Zeit der Hemmschuh einer klaren Erkenntniss. Lange Zeit wollte es nicht glücken die wirklich gefundenen, auch schon von Andern beobachteten Nerven in ihrer rechten Beziehung zu erkennen, da stets der Gedanke vorschwebte, dass sie in der harten Haut endigen müssen. Die verschiedensten Methoden der Untersuchung wurden in Anwendung gebracht. Wir haben keine, auch nicht die kleinste Stelle der harten Hirnhaut ununtersucht gelassen. So wurden insbesondere die dura mater der vordern Schädelgrube, die Periorbita, die grosse Hirnsichel, die Anfänge der Scheiden für die Nerven untersucht. Die Haut wurde durch Essigsäure sehr durchsichtig gemacht mittelst einer scharfen Loupe und unter der Controle des Mikroskopes planmässig durchsucht. Bei einer sechsmonatlichen Frucht gelang es nach Ablösung der Haut und der Knochen, die dura mater ganz herauszulösen und nach längerem Auswaschen so rein darzustellen, dass sie nach Behandlung mit Essigsäure die vollkommenste Uebersicht möglich machte.

Durch diesen Weg der Untersuchung, so wie durch das Messer konnten nach grösstmöglichster Umsicht ausser im Gezelte nur

---

1) A. a. O. p. 179,

noch in der Haut der mittlern Schädelgrube, nicht aber in den oben bezeichneten Theilen Nerven gefunden werden. Die von Bochdalek [1] jüngst ausgesprochene Ansicht, dass die Sclerotica Nerven besitze, kann ich nach mehrfachen Untersuchungen nicht bestätigen, indem ich beim Menschen und verschiedenen Thieren fand, dass die an der innern Fläche jener Haut oder durch ihr Gewebe laufenden Nerven theils zur Iris, theils zur Hornhaut gehen. Die weitere, durch fremde und eigene Nachforschungen gewonnene Ueberzeugung, dass in der dura mater des Rückenmarkes keine Spur von Nerven nachzuweisen ist, forderte daher zu der sorgfältigsten Untersuchung der an jenen Orten vorfindigen Nerven auf, deren Ergebnisse wir in den folgenden Abschnitten mittheilen.

---

1) Ueber die Nerven der Sclerotica. Vierteljahrsschrift für die praktische Heilkunde. VI. Jahrgang 1849. IV. Bd,

I. Die Nerven im Gezelte.

Einem Jeden, der um die Lösung der Frage bemüht, ob der harten Hirnhaut Nerven zukommen, durch sorgfältige Untersuchungen geleitet zu dem Resultate gelangte, dass wirklich Nerven in jenem Gebilde verlaufen, drängte sich gewiss der Gedanke auf, dass ganz eigenthümliche Beziehungen der Grund des so kleinen Verbreitungsbezirkes derselben sein müssen. Bei der grossen Ausdehnung welche jener Haut zukömmt, bei den vielfachen Fortsätzen derselben muss es jedenfalls befremden, warum die genauesten durch alle möglichen Behelfe unterstützten Untersuchungen an den meisten Stellen keine Nerven erkennen lassen, während diese an andern Particen durch eben jene Mittel zur klarsten Anschauung gebracht werden können. Die von fast allen Forschern anerkannte Thatsache, dass sich in der harten Hirnhaut der vorderen Schädelgrube, in der grossen Hirnsichel, in der dura mater des Rückenmarkes auch keine Spur von Nervenfasern findet, diese Thatsache dürfte allein schon den Glauben an Nerven des Gewebes der dura meninx wankend machen. Wenn wir endlich finden, dass die zahlreichsten von manchen Anatomen einzig als solche anerkannten Nerven der harten Hirnhaut, zwischen den Platten des Kleinhirngezeltes laufen, so ist es kaum einzusehen, warum gerade dieser Theil der Haut, welcher doch mehr als alle andern einen blos mechanischen Zweck erfüllt, durch Nerven bevorzugt sein sollte. Das Unbegreifliche einer solchen Anordnung verschwindet aber, wenn wir bedenken, dass gerade hier an dem Gezelte der Zusammenfluss der wichtigsten Blutleiter sich befindet, dass die Nerven durch das tentorium getragen, in alle sinus ausstrahlen können. Wie sehr diese aber selbstständige Gebilde sind, von einer höhern Dignität und einer wichtigern Beziehung zum Gesammtorganismus, das wird Niemand verkennen, der von der gröbern und feinern Anordnung derselben Kenntniss nimmt, und andererseits die Erscheinungen würdigt, die eine substantive Erkrankung derselben bezeichnen. Die Reflexion allein schon ist geeignet die Ansicht zu begründen, dass die harte Hirnhaut hier nur die Trägerin sei für Nerven, die Theilen angehören, die von ihr beherbergt oder gedeckt werden. Aber auch die directe Forschung bestätigt auf das Befriedigendste, was sich fast wie von selbst ergibt.

So viele Nerven zur harten Hirnhaut angenommen und von so mannigfaltigen Stellen sie von ältern Beobachtern abgeleitet wurden, so finden wir doch bei keinem derselben eine bestimmte Nachweisung der hier zu beschreibenden Nerven, obgleich sie durch Eigenthümlichkeit des Ursprunges und Verlaufes mehr als andere geeignet sind die Aufmerksamkeit auf sich zu ziehen. Die Ansicht J. Müller's [1]), dass Comparetti [2]) die Nerven schon gekannt habe, konnten wir aus dem Studium des Werkes selber nicht entnehmen. Bei der Gründlichkeit und Schärfe der Beobach-

---

1) a. a. O.

2) Wir führen hier die von J. Müller angezogene Stelle des seltenen in der reichhaltigen Bibliothek des Herrn Prof. Wilhelm v. Rapp dahier befindlichen Werkes an: „Andreae Comparetti, observationes anatomicae de aure interna comparata." Patavii 1789. p. 55.

„Ab ore superiore foraminis laceri orbitarum oculi, sensim divellebam duram matrem, cum duo filamenta diversa retecta sunt. Alterum exterius magis tenue et albicans, a foramine egressum inficitur stria sanguinea, quod deinde immergitur intra substantiam durae matris, in qua evanescit, quin ulla ratio adsit, cur a vasculis meningeis ortus haberi debeat. Alterum filamentum proximum, ab ortu, progressu et fine cum rubro colore et striis sanguineis se praebuit, tamquam ramusculus arteriae meningeae, qui per lacerum foramen ingreditur: sed haec clarius pernovi, ubi ora superior foraminis laceri rescissa, et ablata est; siquidem apparuit, neutrum transire per ipsam aperturam foraminis laceri, sed per foraminulum proprium rotundum, magis externum; ac certo deprehendi, filamentum minus esse surculum nervi ophthalmici."

tung, welche die Schrift jenes Forschers auszeichnen, wäre es ganz
unerklärlich, wie Comparetti einen so bestimmt ausgesprochenen und so
eigenthümlichen Nerven so wenig bezeichnend beschrieben hätte, wenn
er wirklich zu dessen Anschauung gelangt wäre. Aus jener Darstellung ist überhaupt zur Stunde nicht mehr abzusehen, was damit
vermeint ist. Nur soviel ist klar, dass die Beschreibung nicht auf
unsern Nerven passt.

Als den wahren Entdecker der Nerven, welche durch das
Gezelt laufen, muss die Geschichte Friedr. Arnold [1] nennen. Wenn
es schon vieler Jahre bedurfte, um dem neuen Nerven eine
bleibende Stelle in der Reihe festbestimmter Thatsachen zu sichern,
so kann man sich noch gegenwärtig nicht einigen über seinen
Ursprung. Sowohl die Schwierigkeit einer durchgreifenden Aner-
kennung, als auch einer mit der Natur übereinstimmenden Darstellung
jener Nerven steht aber ganz im Einklange mit ihrer oft ungemeinen
Zartheit, und einem häufig sehr verhüllten Ursprung. Wir können
uns hier der Bemerkung nicht enthalten, dass viele misslungene Versuche der Nachweisung sowohl des Abganges vom Stamme, als auch
der letzten Verbreitung von weitern Nachforschungen nicht abhalten
dürfen. Es trifft auch hier zu, wie so oft in der Anatomie, wenn es
sich um die Ermittelung sehr feiner Verhältnisse handelt: dass es eben
zu einer vollständigen Erkenntniss des günstigen Falles eines ganz
geeigneten, die Untersuchung unterstützenden Objektes bedarf, dass
erst der mit den Schwierigkeiten allmälig vertraut Gewordene die
rechten und sichern Wege der Erforschung einschlagen lernt. Man
wird sich denn auch da von der Wahrheit überzeugen, dass bei
weitem nicht so oft, als man zum grossen Nachtheile der Wissenschaft glauben machen will, das Nichtfinden zusammenfalle mit
dem Nichtvorhandensein des Gesuchten. Betrachten wir die Nach-
weise über den Ursprung des Nerven, so findet sich als erste
Angabe Arnold's, dass jener vom vierten Paare entspringe. Nach

---

1) Dissert. de parte cephalic. etc. p. 19.

dieses Beobachters frühester Darstellung hatte der obere Augenmus-
kelnerve, da wo derselbe in der Nähe des Zellblutleiters läuft, ein
knötiges Ansehen, welches hauptsächlich im frischen Zustande und
wenig oder gar nicht an Köpfen bemerklich seie, welche sich schon
längere Zeit in Weingeist befanden. Hier sollten ein oder einige
Fädchen entspringen, die rückwärts gegen den Ursprung dieses
Nerven treten, um zwischen den beiden Blättern der harten Hirnhaut,
welche das Hirnzelt bilden, nahe an dessen innern Rand in der Nähe
eines Blutgefässes zu verlaufen. In dieser ersten Zeit der Untersuchung
schien es Arnold, dass der Nerve ein dem Gewebe des Gezeltes
eigenthümlicher sei. Nach wiederholten, umsichtigern Prüfungen früherer Resultate sah sich Arnold [1]) veranlasst, dasjenige, was er früher
über den Ursprung des Nerven anführte, zu berichtigen, indem er erkannte, dass derselbe nicht vom vierten Paare, sondern vom ersten
Aste des dreigetheilten Nerven entspringt und zwar an der Stelle
dieses Astes, wo er eine Verbindung eingeht mit einem oder einigen
von den aus dem ersten Halsknoten entspringenden Fäden. Sogleich
nach seinem Ursprunge lege er sich so genau an jenes Nerven-
paar an, dass man leicht zu der Meinung bestimmt werde, als
verbinde er sich mit ihm. Dieses Irrthumes wurde Arnold erst dann
gewahr, als er einige Mal Gelegenheit hatte, den Nerven stärker als
gewöhnlich zu beobachten, und sich von seinem eigentlichen Ursprunge
zu überzeugen. Jene knötige Beschaffenheit des vierten Gehirn-
nerven, stellt Arnold als auf einer Täuschung beruhend in Abrede,
indem wiederholte Nachforschungen ihn belehrten, dass jener Nerve
in seinem ganzen Verlaufe nicht die mindeste Anschwellung besitzt.
In dieser Periode wird der Nerve des Gezeltes von seinem Entdecker
noch als ein solcher bezeichnet, welcher zur harten Hirnhaut geht.
In dem classischen Werke „Kopftheil des vegetativen Nervensystems" [2])

---

1) Zeitschrift für Physiologie von Tiedemann und Treviranus. B. III. p. 151.
2) Kopftheil des vegetativen Nervensystems beim Menschen. Heidelberg, 1831.
p. 200 Anm. Taf. 27. und Icones nervor. capitis. Heidelberg, 1834. p. 22. Taf. II.

wiederholt der Verfasser die letztere Nachweisung des Ursprungs und spricht auch mit Bestimmtheit jezt die Beziehung des Gezelt-nerven zu den Blutleitern aus. Um den noch in gegenwärtiger Zeit bestehenden Irrthümern bezüglich der historischen Thatsachen und der von Arnold seit dem Jahre 1830 festgehaltenen Ansicht ein für alle-mal zu begegnen, diene die bezügliche Stelle des genannten Werkes. „Diese von mir vor drei Jahren zuerst beschriebenen Nerven, neh-men ihren Ursprung aus dem ersten Aste des fünften Nervenpaares da, wo dieser durch die harte Hirnhaut verläuft. Mehrere Fädchen dieses Astes schlagen sich auf und rückwärts, verlaufen neben einem feinen Zweig der innern carotis zwischen den beiden Platten des Hirn-gezeltes nach hinten gegen den Querblutleiter und verlieren sich in der innern Haut desselben."

Nach dem eigenthümlichen Ursprung des Nerven mit sogleich nach rückwärts sich wendenden Fäden bezeichnete Arnold densel-ben als Nervus recurrens primi rami quinti paris, und nach dessen Verlaufe im Gezelte als Nervus tentorii cerebelli. Dass fast alle Zer-gliederer die nicht leicht zu eruirende Endigung der Nerven des Gezeltes in den Blutleitern nicht zur Anschauung bringen konnten, ist in der Schwierigkeit der Sache selbst und in dem Umstande zu suchen, dass unter duzend Fällen kaum einer zur Untersuchung ganz tauglich ist. Auffallend dagegen ist es, dass sich ungeachtet der Be-richtigungen des gewiss glaubwürdigen Anatomen, trotz der Angabe jener eine Täuschung erwirkender Umstände, der anfängliche Irr-thum über den Ursprung der Nerven bis auf die jetzige Stunde sich vererbte. Von den Nachfolgern Arnold's, welche sich durch eigene Forschungen von der Existenz des Nerven überzeugten, theilt Varren-trapp [1]) ganz dessen frühere Ansicht und entnimmt seinen Unter-suchungen nur eine Bestätigung derselben. Auch Bidder [2]) kann nicht

---

1) Observationes anatomic. de parte cephalic. nerv. sympath. Francofurti 1831. S. 33.

2) Neurologische Beobachtungen. Dorpat, 1836. p. 11. ff. —

anders als dieselben bestätigen und ist nicht wenig erstaunt, wie Arnold seine erste Beobachtung widerrufen konnte. Beide Forscher erkannten ebenfalls an jener Stelle des nervus trochlearis, an welcher die Nerven des Gezeltes abgehen sollten, häufig ein röthliches Knötchen, und in mehreren Fällen beobachtete Bidder, dass ein Faden vom carotischen Geflecht zum vierten Hirnnerven sich begab, eine Beobachtung, welche durch einen von Pauli [1]) gesehenen Fall unterstützt wird. Die Hirnhautnerven selbst schienen Bidder durchaus das Gepräge von organischen Nervenfasern zu tragen. Bei der Genauigkeit, welche die Arbeit dieses Beobachters bezeichnet, muss es auffallen, dass es ihm ungeachtet aller Mühe und Aufmerksamkeit niemals gelang einen Zweig aus dem dreigetheilten Nerven zu entdecken, während es uns doch als Regel erschien, dass der nerv. tentorii in einer Weise unmittelbar aus dem ersten Aste des Quintus kommt, dass gar kein Zweifel über die Art seines Ursprunges sein kann, und nur in einer untergeordneten Zahl in einem solchen Verhältnisse zum nerv. patheticus stund, dass die Täuschung, als entspringe er aus diesem Nerven, daraus hervorgehen konnte. Den letztern Beobachtern folgend theilen manche, vielleicht die meisten Anatomen, welche überhaupt der dura mater Nerven zugestehen, die Ansicht, dass dieselben aus dem vierten Paare entspringen, wiewohl die grösste Mehrzahl derselben diesem Gegenstande des Faches noch keine besondere Aufmerksamkeit geschenkt zu haben scheint. In jüngster Zeit spricht sich Nuhn [2]) auf einige Beobachtungen gestützt für die Wahrscheinlichkeit aus, dass mindestens in einigen Fällen der Nerve des Gezeltes auch aus dem nerv. trochlearis entspringe, vielleicht gar ein alternatives Verhältniss stattfinde, so dass das eine Mal der nerv. trochlearis, das andere Mal der Quintus die Ursprungsstelle bilde. Dies scheint Nuhn selbst inzwischen so zweifelhaft, dass er jedenfalls der Möglichkeit

---

1) Müller's Archiv für Anatomie und Physiologie. 1834. p. 191.

2) Beobachtungen und Untersuchungen aus dem Gebiete der Anatomie, Physiologie und practischen Medizin. Heidelberg 1849. S. 15 und 16.

Raum gibt, dass Fäden des dreigetheilten Nerven, eben in irgend einer Weise mit dem nerv. trochlearis sich mischen können, um sodann wieder von ihm abzutreten. Die Schwierigkeit der Erklärung bei jener Annahme, dass die Nerven im Gezelte vom vierten Paare, einem rein motorischen Nerven abstammen sollten, gab zu verschiedenen Auslegungen Veranlassung. Manche glaubten den vierten Hirnnerven zu den gemischten zählen zu müssen, wobei sehr zu Statten kam, dass mehrere Anatomen, wie Sömmering, eine constante Verbindung desselben mit Fasern aus dem ersten Aste des Quintus als eine Thatsache hinstellen. Ohne Zweifel ist auch jenes Knötchen, welches Einige am nerv. trochlearis bemerkten, aus der Vorstellung entsprungen, dass Nerven zur harten Hirnhaut unmöglich von einem motorischen Nerven ausgehen können, wenn nicht die durch Treviranus später als durch stellenweise Zusammenziehung der Nervenscheide erkannte Knötchenbildung zu Grunde lag. Bei der dermaligen Kenntniss des feineren Baues der harten Hirnhaut, bei der Bestimmtheit dass ihr als fibröser Membran, alle und jede Contractilität abgehe, fand Bidder einzig darin eine mögliche Auskunft dass er die von ihm einigemal beobachteten sympathischen Fäden, welche in den nerv. trochlearis treten, an die harte Hirnhaut abgehen liess, was bei der notorischen Seltenheit jener Verbindung immerhin als eine sehr unzureichende Erklärung erscheint. So hatte denn eine entweder nicht oft genug wiederholte, oder immerhin zu flüchtig angestellte Untersuchung manches Dunkel in die Wissenschaft gebracht, und einen unnöthigen Aufwand von Geist zur Deutung einer mit der Natur nicht übereinstimmenden Beobachtung erheischt!

Glücklicher als die leztbezeichneten Naturforscher war Longet [1]. Er erkannte sehr richtig den Ursprung der Nerven, welche zwischen den Platten des Gezeltes verlaufen, ohne sie jedoch bis in die sinus verfolgt zu haben. Diejenigen Fäden, welche aus dem vierten Paare kommen sollen, stammen zufolge sorgfältiger Untersuchungen jenes

---

1) Anatomie et Physiologie du système nerveux. Tom. I. p. 170.

Neurologen nicht aus diesem Nerven, sondern aus dem ersten Aste
des nerv. trigeminus; sie legen sich an jenen Nerven nur an, um wieder zu ihrer Vertheilung von ihm abzugehen. Hein [1]) missversteht
offenbar die hierher bezügliche Stelle von Longet, indem er behaup-
tet, dass sich dieser Verfasser auf die bisweilen vorkommende Verbindung des ersten Astes des Quintus mit dem nerv. trochlearis berufe,
da nirgends von einer solchen die Rede ist, und Longet auch an verschiedenen Orten die Unhaltbarkeit jener von mehreren Beobachtern
angenommenen Verbindung nachweist. Es ist eine weitere irrthüm-
liche Angabe Hein's, wenn er von Longet sagt, dass er allein dastehe
mit der Behauptung, dass nur der dreigetheilte Nerve die Quelle des
nerv. tentorii seie, da Longet's Angaben nur eine Wiederholung der
schon von Arnold gewonnenen Resultate bilden. Cruveilhier [2]), welcher übrigens früher auch noch den vierten Hirnnerven als Ursprungsstelle
aufführte, theilt jezt ebenfalls die Ansicht, dass der erste Ast des Quintus
die Nerven in das tentorium entsende. Seine auch von spätern Beobachtern eingehaltene Methode besteht darin, dass er die harte Hirnhaut in angesäuertem Wasser erweicht und dann unter Wasser
untersucht. Der um die Förderung unseres Faches so verdiente Mann
spricht sich darüber in folgender Weise aus: Les nerfs de la tente
du cervelet, qui m'avaient d'abord paru naître à la fois du pathétique
et de l'ophthalmique, mais qui naissent bien évidemment de la branche
ophthalmique seulement, se dirigent d'avant en arrière dans l'épaisseur
de cette tente, plus près de la face inférieure que de la face supé-
rieure et se divisent en filaments trés-déliés, dont les uns, externes,
se portent au voisinage de la partie antérieure du sinus latérale, et
dont les autres se contournent d'arrière en avant, pour gagner le
sinus droit. Aus der Darstellung Valentin's [3]) lässt sich schwer ent-

---

1) Anatomie und Physiologie des Nervensystems von Longet. Uebersezt
von F. A. Hein 1847. I. Band. S. 151 Anmerkung.
2) Anatomie descript. Tom. IV. 1845. p. 628.
3) Hirn- und Nervenlehre. Leipzig 1841. p. 327 und 366.

nehmen, wozu eigene Forschungen ihn geführt haben, da bei dem nerv. trochlearis Nerven zum Gezelte beschrieben werden, ihrer bei dem Quintus in keiner Weise erwähnt wird, dagegen bei dem Kopftheile des Sympathicus alle Möglichkeiten der Entstehung eingeräumt werden. Der Verfasser spricht sich über den Nerven des Genauern in folgender Weise aus: „Der Zweig oder die Zweige für das Kleinhirngezelt, oder die rücklaufenden Zweige (r. r. ad tentorium cerebelli missi, s. r. r. recurrentes) sind bald stärker, bald schwächer ausgebildet, in einzelnen Köpfen sehr leicht, in andern gar nicht nachzuweisen; lassen sich am leichtesten an Früchten und jungen Kindern erkennen; entspringen meist mehrwurzelig, theils von dem Rollmuskelnerven, theils von dem dreigetheilten Nerven, theils von dem innern Zweige, oder sich überschlagenden Zweigen des äusseren Zweiges des aufsteigenden Astes des obersten Halsknotens, gehen zwischen den Platten der harten Hirnhaut, als graue, weiche Fäden nach rückwärts, und lassen sich hier bald isolirter verlaufen bald anastomosirend mehr oder minder weit in das Kleinhirnzelt verfolgen." Von dieser Darstellung lässt sich allerdings behaupten, dass etwas Wahres daran sein müsse, da sie eine Vereinigung der verschiedensten und überhaupt möglichen Angaben enthält, aber eben desshalb allen Werthes baar ist. Man kann es von einem so gefeierten Schriftsteller wie Valentin ist, kaum begreifen, wie er so viele Widersprüche und unrichtige Angaben in den engen Raum eines einzigen Satzes bringen konnte. Denn soviel dürfte schon einer auch nur theoretischen Betrachtung entnommen werden, dass ein Gebilde wie die dura mater, nicht von so verschiedenen ihrer Natur nach entgegengeseczten Nerven versorgt werden kann, dass es in keiner Weise denkbar ist, dass dasselbe, aller Contractilität entbehrend, ausser sensitiven, cerebralen und sympathischen Nerven, auch Zweige eines motorischen empfängt. Man kann von jener Angabe Valentin's nicht glauben, dass sie der Natur entnommen ist, und sieht sich durchaus genöthigt sie nur für eine Combination der mannigfaltigen bisher gehegten Ansichten anzusehen.

Krause's [1] Ansicht über die Nerven der dura mater, oder was bei den meisten neuern Schriftstellern über diesen Gegenstand identisch ist, über die Nerven im Gezelte ist folgende: Aus dem plexus caroticus internus traten 3—5 zarte, sehr kurze Zweige zum Ganglion Gasseri des dreigetheilten Nerven, welche durch die äussere Wand des sinus cavernosus, in die innere Fläche des Knotens eindringen. Einer derselben, nerv. tentorii cerebelli, schmiegt sich enge an die innere Fläche des nervus ophthalmicus und geht von dem obern Rande desselben an den nerv. oculomuscularis superior über, so dass er eine nur scheinbare Verbindung dieser Nerven vermittelt, alsdann tritt er, sich in mehrere Zweige zerspaltend, rückwärts zwischen die Platten des tentor. cerebelli. Auch Purkinje [2] hat es in der neuesten Zeit wahrscheinlich zu machen gesucht, dass, wie die von ihm in der mittlern Schädelgrube wahrgenommenen Nerven, so auch jene, welche er im Gezelte in der Nähe der Querblutleiter erkannte, aus dem System des Sympathicus ihren Ursprung nehmen.

Wir haben es uns zur besondern Aufgabe gemacht, die Gründe der Differenzen in den Angaben so bewährter Forscher über den Ursprung der Nerven des Gezeltes, durch zahlreiche, an den verschiedensten Individualitäten angestellte Untersuchungen nachzuweisen, sowie durch vergleichend-anatomische Betrachtungen diejenigen Verhältnisse aufzuklären, die ihrer Feinheit wegen beim Menschen zu minder befriedigenden Resultaten führen. Bezüglich der Endigung der Nerven des Gezeltes in den Blutleitern glauben wir die Beobachtungen Arnold's vervollständigen zu können, indem durch den Gebrauch des Mikroskopes und der Essigsäure, die früher nur durch Messer und Lupe verfolgten Nervenfäden bis zu ihrer letzten peripherischen Verbreitung nachgewiesen wurden.

---

1) Handbuch der menschlichen Anatomie, Hannover 1843. I. Bd. S. 1128.
2) Mikroskopisch-neurologische Beobachtungen. Archiv für Anatomie, Physiologie etc. von J. Müller. Jahrgang 1845. Heft III. p. 288. Heft IV. p. 289.

---

1. Ursprung des Nervus tentorii cerebelli. *)

In der überwiegenden Mehrzahl der Fälle entspringt dieser Nerve in einer so exquisiten Weise aus dem ersten Aste des dreigetheilten Nerven, dass es frappirt, so heterogene Meinungen darüber zu vernehmen. Die Stelle seines Ursprunges ist an der äussern Fläche des ersten Quintusastes 4''' — 5''' von der obern Augenhöhlenspalte entfernt, nahe an dem äussern Umfang des nerv. pathetic. Der Augenast ist an jenem Orte noch von der harten Hirnhaut umschlossen, daher man zur Präparation des Nerven eine sorgfältige Abtragung derselben nöthig hat. In der angeführten Entfernung wird man dabei alsbald zwei bis drei nach rückwärts gebogener Fädchen gewahr, welche sogleich in die Scheide des nerv. trochl. treten, und zu einem Stämmchen vereinigt, an dessen äusserem Rande mehr oder weniger fest anliegend, verlaufen. Nur seltener treten dieselben in eine eigene, von der harten Hirnhaut um sie gebildete Scheide. Bei noch nicht zureichender Uebung thut man am besten, vom Stamme des vierten Hirnnerven aus, wo er in die Scheide der harten Hirnhaut tritt, nach vorwärts zu arbeiten unter der sorgfältigsten allmäligen Entfernung des ihn deckenden Theiles der dura mater. Ziemlich sicher lässt sich die Abgangsstelle des Nerven bezeichnen durch eine Linie, welche quer gezogen wird durch den Mittelpunct der Oberfläche des Gehirnanhanges, 3 — 4 Linien von der Eintrittsstelle des gemeinschaftlichen Augenmuskelnerven entfernt. Zwei bis drei Linien nach rückwärts, so fanden wir es wenigstens als Regel, und zwar an dem obern Rande des ersten Astes findet eine Verbindung des letztern mit 2 — 3 Fäden des Sympathicus statt, welche aus dem plexus caroticus in denselben treten, ohne dass ich jedoch je, wie so Viele behaupten, eines oder mehrere umschlagende

---

*) Wenn es gerechtfertigt wäre, bei den schon eingebürgerten Bezeichnungen, eine neue vorzuschlagen, so würden wir den Nerven um damit sogleich seine Bedeutung auszudrücken, Blutleiternerven, Nerv. sinualis, nennen.

Fädchen zum Blutleiternerven treten gesehen hätte. Die Angabe von Krause aber, dass der letztere geradezu aus dem Sympathicus entspringe, deutet auf die Wahrscheinlichkeit hin, dass der eigentliche Ursprung nimmermehr zu seiner Anschauung gelangt ist. Wenn ein so tüchtiger Forscher sich zu einem Ausspruche veranlasst sieht, so ist es von selbst klar, dass irgend eine Beobachtung zu Grunde liegen muss. Wer aber sich selbst davon überzeugen will, wie vielerlei Fäden an der Stelle, an welcher verschiedene Nerven über den sinus cavernosus weglaufen, nach den verschiedensten Richtungen gehen, und sehr leicht, wenn das Mikroskop nicht stets zu Rathe gezogen wird, für sympathische Nervchen angesprochen werden können; der wird eine Vorstellung gewinnen, wie bei nicht sehr sorglichem Weiterforschen die von mehreren Beobachtern festgehaltene Ansicht Platz greifen konnte, dass aus solchen Fasern der nervus recurrens entstehe, während in ihnen die Untersuchung nur Zellstofffasern erkennt, die an den schon früher aus dem ersten Aste des Quintus entstandenen Blutleiternerven nur zufällig hintreten. Es ist uns einigemal begegnet, dass gesonderte Zellstoffbündelchen aus dem cavernösen Geflecht über den Stamm des Patheticus bis an das Stämmchen des nerv. recurrens traten und täuschend den Schein erzeugten, als gehe das letztere aus ihnen hervor. Ein nach diesem Befunde bereits gezeichnetes Präparat lag, nachdem nachträglich durch das Mikroskop die Verbindung als zellstoffige erkannt wurde, als ein Beispiel eines Irrthums in dieser Sache vor uns. Es muss als Regel angesehen werden, dass der Blutleiternerve mit 2—3 sehr feinen Fäden, welche aus der Tiefe des Augenastes aufsteigen, entspringt. Nur sehr ausnahmsweise war nur ein Wurzelfädchen vorhanden. Sehr oft ist es der Fall, dass die Ursprungsstelle nur dann bemerkt wird, wenn der Stamm des nerv. patheticus nach innen zur Seite geschoben wird, indem dieser jene vollständig deckt und häufig auch unter ihm das Stämmchen des nerv. recurrens verborgen liegt und mehr oder weniger fest adhärirt. Die Anlagerung erscheint bisweilen so innig, dass es eines in dieser speziellen Sache sehr geübten Blickes bedarf, um von der

Annahme, als fehle der Nerve, sich ferne zu halten. Noch öfter aber dürfte unter solchen Umständen der Irrthum eintreten, als entspringe der nerv. recurrens aus dem nerv. trochlearis, indem bei einem nicht sehr zarten Verfahren der oder die Ursprungsfädchen abreissen, wodurch der Schein entsteht, dass das nunmehr ohne anderweitige Verbindung innig am nerv. pathetic. anliegende Nervchen aus diesem entstehe, eine Täuschung, die mir im Anfange der Untersuchungen zu wiederholtenmalen entgegentrat. Eine sehr häufige Art des Ursprunges besteht darin, dass zwei Wurzelfädchen vorhanden sind, welche an der äussern und innern Seite des nerv. trochlearis aufsteigen und indem sie sich zu einem Stämmchen vereinigen, diesen Nerven gabelförmig einschliessen. Wenn die Abgangsstelle jener Wurzelfäden unter dem Stamme des nerv. pathetic. liegt, wenn ferner noch die beiden über den Stamm desselben weggehenden Fädchen sehr fest an ihm adhäriren, so ist der Schein, als entspringe der Blutleiternerve aus ihm, so täuschend, dass selbst geübtere Beobachter von ihm irre geleitet werden dürften, wenn sie nicht schon durch andere erkannte Eigenthümlichkeiten des Ursprungs aufgefordert, die umsichtigste Prüfung vornehmen. Ich hege die Ueberzeugung, dass manche falschen Angaben über den Ursprung des nerv. tentorii durch solche Vorkommnisse bedingt wurden, zumal wenn man nicht ganz vorurtheilsfrei, sondern auf eine Autorität gestützt zur Untersuchung ging.

Die Ursprungsweise sah ich auch einmal so, dass ein kürzerer Faden unter dem nerv. trochlearis hervorkommend über diesen wegging, und sich mit einem zweiten verband, welcher an der innern Seite des nerv. trochlearis, eine Linie von ihm entfernt, aus der Tiefe des Augenastes emporstieg. Beide Zweige vereinigten sich sofort zu einem gemeinschaftlichen Stämmchen, welches eine Strecke weit auf dem nerv. trochlearis verlief. Es machte diese Form ganz den Eindruck, als entspringe der nerv. simualis mit einem Faden aus dem Augenaste des Quintus, mit dem andern aus dem nerv. patheticus. Ein solcher Fall scheint Nuhn vorgeschwebt zu haben, indem er die Frage aufstellte: ob der aus dem nerv. trochlearis abgehende nerv.

recurrens noch neben dem vom ersten Aste des Quintus entspringenden vorkomme? Ganz ausserhalb der Grenzen einer mit dem jetzigen
Standpunkte der Wissenschaft vereinbaren Erklärung, wäre jenes nach
Nuhn mögliche Vorkommen, dass der nerv. recurrens bald aus dem
ersten Aste des Quintus entspringe, bald aus dem nerv. trochlearis
komme, so dass in der Art ein Wechsel-Verhältniss bestünde, dass
wenn der eine fehlt, der andere dafür vorhanden ist. Sicher ist eine
solche Vorstellung begründet worden durch eine unvollständige Beobachtung, wo in dem einen Falle ein ganz offener Ursprung aus dem
ersten Aste des Quintus gesehen wurde, während ein andermal ein
solches Verhältniss zum nerv. trochlearis bestund, dass die eigentliche
Ursprungsstelle vollständig maskirt war.

Zu den seltenern, aber sowohl von Arnold, laut mündlicher Mit-
theilung, als auch von mir zweimal beobachteten Entstehungsweisen,
gehören jene Fälle, in welchen der Ursprungstheil des nerv. recurrens
unter dem Stamme des nerv. trochlearis lag. Es schlang sich das
Stämmchen um den letztern Nerven, um sodann auf ihm nach rückwärts zu laufen. In dem einen Falle war an der Stelle, an welcher
das Stämmchen sich um den nerv. trochlearis schlang, eine kleine Er-
habenheit vorhanden, welche erst bei der Prüfung durch die Lupe als
durch den herumgeschlagenen Nerven entstanden sich erwies. Eine
knotige Anschwellung, oder einen Farbenunterschied in dem Stamme
des nerv. patheticus konnte ich weder beim Menschen noch bei dem
Kalbe in einer gewiss grossen Zahl von Untersuchungen finden.
Varrentrapp's und Bidder's Angaben, nach welchen bisweilen solche
Anschwellungen sich zeigen, beruhen entweder auf obiger eigenthümlichen Entstehungs- und Verlaufsweise des nerv. recurrens, oder
sie sind das Resultat einer Täuschung, in welche auch Arnold in der
ersten Zeit der Untersuchung unseres Gegenstandes gerathen war.

Einige Arten des oben bezeichneten Verhaltens des nerv.
recurrens zum nerv. trochlearis erinnern in mehrfacher Hinsicht an die
Verbindungen, welche manche Zergliederer zwischen dem letztern
Nerven und dem ersten Aste des Quintus statuiren. Wir können

nicht umhin, bei diesem Anlasse unsere hierher gehörigen Wahrnehmungen mitzutheilen. —

Obgleich schon Willis [1] sich ganz entschieden dahin ausspricht,
dass nirgends wahre Verbindungen des nerv. patheticus mit andern Nerven bestehen, „nec cum aliis nervis uspiam communicante"; so wurden
doch, besonders seit Sömmering's [2] Angaben, Verbindungen mit dem
Augenaste des Quintus als constant angeführt. Diese Ansicht, so sehr
sie mit der physiologischen Bedeutung des nerv. pathetic. als eines Mus-
kelnerven im Widerspruche steht, wird dennoch von sehr vielen
Schriftstellern getheilt und zur Erklärung des Gefühles von Müdigkeit
und Abspannung benutzt, dessen man nach längerer Anstrengung des
von ihm versorgten Muskels inne wird. Da seine ganze Beschaffenheit, der völlige Mangel jeder Anschwellung, die von E. H. Weber
entdeckte Art seines Ursprunges nach dem von E. Weber gefundenen Ge-
setze des transversalen Verlaufes der Fasern motorischer Nerven durch das
Rückenmark, den nerv. patheticus als einen motorischen charakterisiren,
so muss schon a priori die Richtigkeit jener Angabe bezweifelt werden, wenn
überhaupt nicht der ganze Bell'sche Lehrsatz in seinen Grundfesten erschüt-
tert werden soll. Sehr viele eigene Beobachtungen belehrten mich, dass,
wenn unter jenen Verbindungen etwas Anderes verstanden wird, als
ein blosses Anlegen von Fasern des Augenastes an den nerv. trochlearis,
die Beobachtung auf einem Irrthume beruhe. Ich habe öfters die täu-
schendsten Arten des Verhaltens beobachtet, die mir bei dem mitge-
brachten Glauben an eine wirkliche Verbindung lange Zeit keinen
Zweifel aufkommen liessen. Der folgende Fall aber war geeignet,
eine richtige Auffassung zu verschaffen. Aus dem Augenaste des Quintus trat ein kurzes Zweigchen so in die Substanz des nerv. trochlearis, dass es unzweifelhaft erschien, es vermischen sich die Fasern desselben vollkommen mit diesem. Bei einer weitern Präparation fand

---

1) Thomae Willis. opera omnia. Genevae 1666. nervor. descriptio et usus
cap. XXII. p. 113.
2) Auge. tab. III. fig. V. a.

ich einen Nervenzweig aus dem innern Rande des musc. pathetic. in
das foramen ethmoidale posterius eintreten. Eine umsichtige Betrachtung und die Anwendung des Mikroskopes sicherten vollständig vor
einer Täuschung. Es waren hier offenbar die dem nerv. trochlearis
beigemischten sensitiven Fasern als seiner Function zuwider sofort bei
dessen Verbreitung abgetreten. Auf ein solches Verhalten ist ohne
Zweifel die von Otto[1]) gemachte Beobachtung zurückzuführen, der
einmal fand, dass der nerv. nasociliaris vom nerv. patheticus ent-
sprang. Bei den andern gewöhnlich vorkommenden sogenannten Verbindungen gelang es mir jederzeit darzuthun, dass keine Vermischung,
sondern ein blosses Anlegen und Wiederabgehen stattfand. Es ist
in diesen Untersuchungen immer die grösste Sorgfalt und Umsicht
nöthig. Man muss den Stamm des nerv. trochlearis behutsam aufheben
und zur Seite schieben und zu einer ruhigen und längern Betrachtung
durch feine Nadeln in dieser Lage befestigen.

Noch bleibt uns eine Berichtigung jener Angaben übrig, denen
zufolge der Nerve des Gezeltes aus dem Sympathicus entspringen soll.
Ungeachtet der Nachweisung sonst bewährter Forscher, wie Krause's,
Purkinje's und Valentin's, kann ich nach meinen Beobachtungen die
Ansichten dieser Männer nicht theilen. Die Ergebnisse meiner dies-
fallsigen Untersuchungen sind folgende:

Die Verbindung des Sympathicus mit dem dreigetheilten Nerven
ist bei verschiedenen Individuen verschieden stark. Sie findet statt zwischen dem äussern Umfang des Theiles der carotis interna, welcher durch
den cavernösen Blutleiter läuft, und dem hintern Ende des Augenastes.
Es zeigte sich in der grösseren Anzahl von Fällen die Verbindung
6—7 P. L. von der obern Augenhöhlenspalte entfernt, jederzeit eine
bis zwei Linien hinter dem Ursprunge des nerv. recurrens. Ich fand bald nur 2—3, öfters aber 5—6 gröbere und
feinere Fädchen, welche am obern Rande des Augenastes des Quintus
eher nach innen gegen den cavernösen Blutleiter, als nach aussen ein-

1) Seltene Wahrnehmungen 1806. S. 108.

traten. Fast immer treten 1—2 Fädchen unter mehr weniger spitzen
Winkeln zwischen die Nervenfasern des ersten Astes und laufen
mit ihnen nach der Peripherie hin; andere aber wenden sich
gegen das Ganglion Gasseri, um in diesem sich zu verlieren.
Eine Verbindung des Sympathicus mit dem nerv. oculomotorius sah ich
recht oft. Sie ist bald äusserst unbedeutend und nur durch ein so
feines Fädchen bedingt, dass sie leicht bei der Präparation mit Zell-
stoffadhäsionen beseitigt wird. Durch das unbewaffnete Auge ist diese
Verbindung oft kaum nachzuweisen, aber das Mikroskop wird an den
durch öftere Untersuchung als Verbindungsstellen erkannten Punkten
vielleicht constant Nervenfädchen nachweisen. Bisweilen findet sich ein so
starker Nervenfaden, dass ihn nicht leicht Jemand übersehen dürfte. Die
Stelle der Verbindung ist meist eine Linie von jener mit dem Augenaste entfernt. Verbindungen des Sympathicus mit dem nerv. trochlearis
konnte ich bis jetzt nicht mit Bestimmtheit erkennen. Einigemal bemerkte ich
in dem Zellstoff, welcher den Stamm des Nerven gegen den Zellblutleiter
befestigte, feine Nervenfädchen, von welchen ich es unentschieden lassen
muss, ob sie eine Verbindung des Sympathicus mit dem nerv. trochlearis
vermittelten. Nie konnte ich, wie dies Valentin und Krause angeben,
einen oder mehrere Fäden sehen, welche sich zurückschlugen, und
neben dem nerv. trochlearis zwischen die Platten des Gezeltes liefen.
Zwar könnte man die Ansicht geltend machen wollen, dass eben jene
in den dreigetheilten Nerven eindringenden Fäden des Sympathic., an
der Oberfläche als n. recurrens wieder auftauchen, vielleicht gemischt
mit Fasern des Quintus. Wir haben diese Möglichkeit besonders im
Hinblicke auf Bidder's Ansicht im Auge gehabt. Wie nach des letztern
Beobachters Meinung jene von ihm zum n. trochlearis gesehenen sympathischen Fäden als solche angesprochen wurden, welche von jenem
ab, in das Gezelt gehen sollten; so wäre diese Art eines mittelbaren
Abganges auch nach der obigen Anschauungsweise denkbar. Abge-
sehen von der oft frappanten Entstehung des n. recurrens aus dem
ersten Ast des Quintus, fanden wir jenen stets als einen weissen
härtlichen Nerven, nicht aber, wie Valentin will, als einen weichen,

graulichen. Die mikroskopische Untersuchung wies jederzeit genau jene Formen der Primitivfasern nach, welche wir bei der immer verglei- chenden Untersuchung von Fasern des dreigetheilten Nerven erkann- ten. Es bleibt uns demnach ganz unerklärlich, wie genannte Männer zu jener Ansicht gelangen konnten.

2. Verlauf des Nervus tentorii cerebelli.

Bald nachdem sich die Wurzelfäden des Nerven zu einem Stämm- chen vereinigt haben, tritt dasselbe in die von der harten Hirnhaut gebildete Scheide des nervus trochlearis, und läuft eine kürzere oder längere Strecke weit, mehr oder weniger fest an demselben anliegend, fort. Selten ist es, aber bei dem Aufsuchen zu berücksichtigen, dass der Nerve in einer eigenen, von jener des trochl. getrennten Scheide verläuft. Die Länge des Stämmchens zeigt sich sehr verschieden. Bezüg- lich seiner Lage ist es die Regel, dass dasselbe nach aussen vom nervus trochl. liegt, jedoch ist es keine Seltenheit, dass man es auf oder selbst unter ihm findet. Am häufigsten erstreckte sich das Stämmchen bis zur Eintritts- stelle des nerv. pathetic. in seine Scheide, anderemale aber theilte sich das- selbe sehr frühe in zwei oder mehrere Aeste, welche in verschieden grossen Abständen zwischen dem nerv. trochlearis und dem Augenaste des Quintus hinzogen. Wo ein längeres Stämmchen vorhanden ist, läuft dieses im innersten Theile der Falte der harten Hirnhaut, welche zwischen dem Felsenbein und dem processus clinoideus posticus aus- gespannt ist. Auch in dem Falle, als eine frühzeitige Theilung be- stund, fand ich stets einen Zweig längs des innern Randes jener Falte verlaufend.

Indem sich das Stämmchen in zwei, drei oder mehrere Zweige theilt, treten dieselben in der Nähe des hintern Umfanges des freien Gezeltrandes immer feiner werdend zwischen die Platten desselben. Die weitere Vertheilung der Zweige ist vielfachen Modificationen un- terworfen. Gewöhnlich sind es zwei bis drei Hauptzweige, welche bis zur Mitte des Gezeltes isolirt verlaufen. Einmal bemerkte ich, wie

4

die zwei Aestchen des sehr frühe sich spaltenden Stämmchens schon beim Eintritte in das Gezelt sich in je zwei Zweige theilten, so dass vier ziemlich starke Nervchen mässig divergirend zwischen den beiden Platten desselben verliefen.

Von der Mitte des Gezeltes an beginnt die weitere Verzweigung, indem sich jene Fäden unter spitzen Winkeln in immer feinere, endlich dem blossen Auge nicht mehr zugängliche Fädchen vertheilen. Während der Verzweigung finden sich nirgends, wie Valentin ganz irrthümlich angibt, auch Anastomosen, sondern es zeigt sich ein durchaus nur isolirter Verlauf der einzelnen Fäden. Die Verzweigung geschieht weiter in der Weise, dass die Nervchen fächerartig auseinandergehend nach den verschiedenen Blutleitern sich hinziehen. In einem vor uns liegenden, sehr exquisiten Falle finden sich drei Fädchen, welche zum geraden Blutleiter und dem torcular Herophili gehen. Zwei Fäden, wovon der eine sehr ausgesprochen ist, begeben sich allein zum torcular, und entsenden ihre feinsten Endigungen ohne Zweifel bis hinauf zum sinus longitudinalis. Es ist mir nicht gelungen, sie bis ganz hinauf zu verfolgen, indem die harte Hirnhaut vermöge ihrer hier sehr beträchtlichen Dicke, selbst bei allen Mitteln, welche sie durchscheinend machen, doch die solche Untersuchungen begünstigenden Eigenschaften nicht annahm.

Mehreremale bemühte ich mich, durch den Gedanken geleitet, dass auch von andern Stellen aus Nerven zu jenem grossen Blutleiter gehen möchten, solche aufzufinden. Ich untersuchte namentlich am Ursprunge der grossen Sichel von der crista galli an, in der Idee, dass vielleicht ein nerv. ethmoidalis Zweige dahin abgibt, welche mit der art. meningea antica verlaufen könnten. Die Untersuchung war indess niemals durch den Fund eines Nerven belohnt. Ich muss daher der Behauptung Vieussen's [1]) entgegentreten, welcher bemerkt, dass aus dem Nasenaste des nerv. ophthalmicus Zweige zur harten Hirnhaut gehen, an der Stelle, wo jener Nerve neben dem Hahnenkamme die dura mater

---

1) Neurographia lib. III. c. III. p. 171.

durchbohrt. Jener Beobachter hat inzwischen die Nerven weder abbilden lassen, noch in der Explication seiner Tafeln derselben irgend Erwähnung gethan. Lobstein [1]) konnte sie ebenfalls nicht bemerken, und sah nur, wie eben jener in das foramen ethmoidale ant. tretende Zweig in einer Scheide der harten Hirnhaut verborgen liegt, aber ohne Theilung oder Abgabe von Fasern seinen Lauf in die Nasenhöhle nimmt. Auch von den später zu erwähnenden Nerven in der mittlern Schädelgrube konnte ich keinen Faden nach aufwärts wahrnehmen, so dass man vorläufig den Nerven des Gezeltes als die einzige Quelle der Nerven für den sinus longitudinalis betrachten muss.

Vier feine Fäden verfolgte ich in den Querblutleiter ziemlich weit hinab gegen das foramen jugulare. An der Wand eines aufgeschlitzten sinus transversus konnte ich mit Hülfe der Lupe das letzte in zwei Fädchen gespaltene Ende eines Nervchens deutlich erkennen und abbilden lassen. Die queren Blutleiter scheinen vor den andern bevorzugt, indem ich in ihnen immer die meisten Nerven erkannte. Sehr auffallend ist dieses Verhältniss beim Kalbe, bei welchem der quere Blutleiter einen eigenen sehr starken Nerven empfängt, während der nerv. recurrens sich ganz wie bei dem Menschen verhält. Jener Nerve entspringt meist mit zwei Wurzeln in der Nähe der Stelle des nerv. trigeminus, an welcher der Augenast abgeht, und lauft alsbald nach rückwärts, von der harten Hirnhaut eingehüllt, in einer Furche, welche vor dem Felsentheil des Schläfenbeines liegt. Dieselbe führt zum sinus transversus, welcher beim Kalbe in einem sehr tiefen und geräumigen sulcus zwischen dem Schuppen- und Felsentheile des Schläfenbeins liegt und von dem vordern und innern Rande der pars petrosa so überragt wird, dass nur mehr eine enge Spalte dahin führt. Die Haut, welche die sinus der dura mater beim Menschen auskleidet, erscheint hier fast ganz isolirt, indem nur eine ganz dünne Faserschichte der harten Haut sie bedeckt, so dass sich fast unmittelbar auf ihr der Nerve verbreitet. Wer daher je an dem Bestehen von Blutleiter-

---

1) a. a. O. p. 91.

nerven zweifeln sollte, der wird durch diese vergleichenden Untersuchungen ganz gewiss eines Andern belehrt werden. Die Darstellung
des besondern Querblutleiter-Nerven beim Kalbe, nerv. sinualis pro-
prius, wie wir ihn nennen wollen, unterliegt gar keinen Schwierigkeiten. Man präparirt an einem frischen Kopfe die dura mater über
dem dreigetheilten Nerven sorgfältig weg, und wendet die Aufmerksamkeit auf das hintere Ende des Stammes des nerv. ophthalmic., da wo
er unter dem ganglion Gasseri abgeht. An dem untern Rande wird
man die harte Hirnhaut dichter angeordnet finden. Entfernt man sie
nach dem Felsenbein hin, so gewahrt man den Nerven, welcher
fast unmittelbar auf dem Knochen aufliegt. Zu seiner weitern Verfolgung und der Bloslegung des Querblutleiters hat man nöthig, den
Felsentheil des Schläfenbeines, von welchem vorher die dura mater
abgelöst und nach vorn übergeschlagen wurde, herauszubrechen. Der
Nerve läuft in etwas Fett, welches auf dem Blutleiter liegt, in mehrere Zweige getheilt auf demselben hin.

In den Felsenblutleiter des Menschen sah ich zwei feine Fädchen treten, dessgleichen einen Faden in jenen sinus, welcher das
grosse Hinterhauptsloch umgibt.

3. Endigung des Nervus tentorii cerebelli.

Um der uns bevorstehenden Einwendung zu begegnen, dass
ja die Blutleiter nur Theile der harten Hirnhaut bilden, und dass, wenn
auch nur diese Partien derselben mit Nerven versehen seien, die von
Andern festgehaltene Annahme von Nerven der dura mater ganz gerechtfertigt erscheine; geben wir zuerst die Ergebnisse unserer Untersuchungen über den Bau der Blutleiter.

Eine genauere Betrachtung der harten Hirnhaut, besonders aber
eine Vergleichung derselben mit jener des Rückenmarkes lehrt auf
das Unzweideutigste, dass sie eine Vereinigung zweier Häute dar-
stellt, indem sie fest mit der, im Wirbelkanal getrennt erscheinenden,
Knochenhaut verwachsen ist. An den Stellen, an welchen die Blut-

leiter angeordnet sind, treten in der Richtung und Ausdehnung derselben die beiden Blätter der dura mater auseinander. Die so gebildeten Räume sind von einer selbstständigen Membran ausgekleidet, welche in mancher Beziehung an die serösen Häute erinnert. Ich konnte an ihr mit Bestimmtheit drei Schichten unterscheiden. Die äussere, durch welche dieselbe an ˚die innere Fläche jener Räume geheftet ist, weist sich als dünnes Stratum eines sehr straffen Bindegewebes aus, in welchem die Nerven, sowie äusserst feine Capillargefässe verlaufen. Sie entspricht ganz der äussern rauhen Platte, durch welche seröse Häute mit andern Partien verwachsen sind. Die zweite Schichte, welche zugleich die massenreichste ist, besteht aus feinen, platten, sehr lichten Fasern, welche etwas geschlängelt nach verschiedener, jedoch vorwaltender Längenrichtung verlaufend, ein grobmaschiges Netzwerk darstellen. Sie werden durch Essigsäure heller, ohne sich aber weiter wie Zellstofffäden zu verhalten. Zwischen sie hineingelagert, findet sich eine grosse Menge elastischer Fasern. Die innerste Lage erwies sich als eine sehr dünne Epithelialschichte. Es ist das Epithelium, wenigstens bei Erwachsenen, schwierig in grösseren zusammenhängenden Stücken zu gewinnen, scheint auch stellenweise ganz zu fehlen. Dasselbe besteht aus rundlichen und polygonalen Plättchen, deren Peripherie einen bläulichen Schimmer wirft und bei flüchtiger Betrachtung zur Verwechslung mit gebogenen Faserfragmenten führen kann. Die einzelnen Plättchen sind so dünn und licht, dass sie meiner Beobachtung lange Zeit entgingen. Nur selten sieht man an ihnen einen grösseren Kern, fast immer sind in einer homogenen Grundsubstanz nur viele kleine Molekularkörnchen gelagert, welche auch wohl die Epitelialplättchen nach deren Abstossung ganz ersetzen. Durch concentrirte Aetzkalilösung werden sie in kürzerer oder längerer Zeit, indem sie vorher aufquellen, gelöst. Wenn es auch nicht leicht glückt, grössere Stücke des Epiteliums darzustellen, so sieht man doch immer in der von der Innenfläche eines sinus abgeschabten Masse einzelne Plättchen.

Aus dieser Untersuchung dürfte hervorgehen, dass wenn man im Einklange mit der ganglaren Ansicht annimmt: die sinus seien ausgekleidet von der innersten Gefässhaut, man sich darunter jedenfalls nicht die innerste Lage im Sinne Henle's [1]) denken darf, welcher damit blos die Epitelialschichte begreift, sondern jedenfalls ein aus mehreren Lagen bestehendes Gebilde. Es ist dieses ebensosehr eine einige und nur künstlich in mehrere Schichten zu trennende Haut, wie jene die Herzräume auskleidende und den Klappenapparat bildende Membran, welche als Fortsetzung der innersten Gefässhaut schwerlich Jemand als blosse Epitelialschichte ansprechen wird. Aus einer auch nur consequenten theoretischen Betrachtung geht die Unhaltbarkeit der Scheidung der Gefässhäute in sechs Schichten unwiderleglich hervor, welche überdiess sich auch als eine ganz künstliche, und mit der Natur in keiner Weise vereinbare aus der directen Untersuchung ergibt.

Zwischen der äussern Zellstoffschichte und der zweiten Faserlage der Blutleiterhaut findet die letzte Verbreitung des nerv. tentorii statt. Die Menge der jetzt noch zur Ansicht gelangenden Nerven ist sehr verschieden. Beim Menschen fand ich nicht sehr reichliche Nervenausbreitungen, die meisten zeigen sich in der Haut der Querblutleiter. Ausserordentlich deutlich aber und in grösster Anzahl erkannte ich sie beim Kalbe im sinus transversus. Die einzelnen Fädchen laufen bald gerade gestreckt in der Längenaxe, bald unter einem mehr weniger starken Bogen in der Quere, Anastomosen konnte ich nur selten sehen. Gewöhnlich ist es, dass ein Fädchen, nachdem es eine Strecke weit verlaufen ist, sich gabelig theilt. Die Endfädchen entziehen sich sodann dem Blicke, indem sie sich in dem Gewebe der Haut verlieren. Für die erste Ansicht macht ein Präparat bisweilen den Eindruck, als wenn alle Fäden sich dichotomisch theilten, was sich jedoch keineswegs als charakteristischer Typus ausweist, indem die verschiedensten Formen bei genauerer Prüfung sich ergeben. Das geeignetste Stück für die erste Untersuchung ist der vom Felsbein beim Kalbe gedeckte Theil des Querblutleiters. Wird dieser einige Zeit in Wasser macerirt, und dann wenige Minuten in mässig

---

1) Allgemeine Anatomie S. 494.

verdünnte Essigsäure gelegt, so sieht man nach dem Aufschlitzen schon mit blossem Auge die Nerven als weissliche matte Streifen in der oben bezeichneten Anordnung. Löst man sodann die Blutleiterhaut von der dura mater ab, so wird man leicht in der Bindegewebeschichte einzelne Nervenfasern isoliren und ihre Natur unter dem Mikroskope constatiren können. Neben den Nerven finden sich stets viele capillare Blutgefässe, die schon durch die Art ihrer Vertheilung, durch ihre Farbe, auch wenn sie entleert sind, nicht leicht zu einer Verwechslung mit Nerven Veranlassung geben werden.

Es bedarf wohl kaum der Erwähnung, dass die obige Nachweisung der gröbern, wie der feinern Verzweigung des Blutleiternerven beim Menschen, die Frucht einer nicht geringen Sorgfalt ist. Viele Beobachtungen wurden als unzureichend unbeachtet gelassen, bis endlich der Zufall ein Individuum brachte, welches früher unvollständig erkannte Verhältnisse aufklärte, und für Jedermann beweisende Resultate gewährte. Es war ein Knabe von 14 Jahren, dessen dura mater bei ungewöhnlich starker Ausbildung der Nerven des Gezeltes sehr dünn war. Die einzelnen Fädchen zeigten sich ungleich schöner, als bei foetus und neugebornen Kindern, welche zu derlei Untersuchungen besonders empfohlen werden. Es ist immer rathsam, das Gewebe der harten Hirnhaut durch Essigsäure durchscheinend zu machen. Wir fanden eine besonders günstige Wirkung, wenn die dura mater längere Zeit vor- und nachher in mässig verdünntem Weingeist gelegen hatte.

Fragen wir nun nach der physiologischen Bedeutung der Blutleiternerven und nach den Consequenzen, welche daraus für die praktische Medicin hervorgehen, so fehlt uns zur Zeit eine genügende Antwort. So viel aber scheint uns vorläufig des Nachdenkens werth, dass da, wo eine so grosse Blutmenge in fast starren Kanälen kreiset, wo der grösste Theil des Blutes aus dem Gehirne zurückströmt, die Natur besondere Anordnungen getroffen hat, um vielleicht durch einen lebendigern Wechselverkehr gerade an den Zusammenflussstellen eine kräftige Anziehung zu vermitteln. Wir sind sicher, dass manche krankhaften Erscheinungen, insbesondere viele Arten des Hinterhauptschmerzes, auf eine Betheiligung jener Nerven zurückzuführen sein werden; dass die noch wenig erkannten und gewürdigten Symptome der phlebitis encephalica vielleicht einige Aufklärung finden. Mag immerhin die Bedeutung jener Nerven noch in's Dunkel gehüllt sein, uns muss es genügen, durch eine fest begründete anatomische Thatsache einstweilen einen Anknüpfungspunct geboten zu haben.

II. Nerven, welche in der harten Hirnhaut der mittlern Schädelgrube verlaufen.

Niemand wird nach einer allseitigen Untersuchung der harten Hirnhaut der mittlern Schädelgrube den mindesten Zweifel hegen, dass hier in derselben Nerven verlaufen. Man wird sich aber auch davon überzeugen, dass der ganze Verbreitungsbezirk durch eine Linie begrenzt ist, die vom hintern Rande des kleinen Keilbeinflügels über den ganzen obern Rand des Felsenbeines weg bis zu dem Stachelloche horizontal geführt wird. Diejenige Partie der harten Hirnhaut, welche über ihr liegt und den grössten Theil der Hemisphären des Grosshirnes überzieht, lässt durchaus keine Nerven erkennen. Will man sich nur von dem Vorhandensein von Nerven im Allgemeinen unterrichten, ohne ihren Ursprung und die weitern Beziehungen derselben kennen zu lernen, so genügt es, die Haut sorgfältig herauszulösen und sie nach einiger Maceration in Wasser mit Essigsäure durchscheinend zu machen. Fast immer wird es gelingen, einen feinen Nerven auf der einen oder der andern Seite des Stammes der art. mening. media zu sehen, als einen matten, gelblich-weissen Streifen. Zuweilen sieht man auch, besonders wenn die Haut ganz bis zum eiförmigen und Stachelloche abgelöst wurde, 1—2 nach rückwärts gegen das Schläfenbein laufende Fädchen. Ein Geflecht von Nerven, wie Purkinje angibt, konnte ich niemals sehen, sondern im günstigsten Falle nur mehrere, aber isolirt laufende Nervchen. Es ist nöthig darauf Rücksicht zu nehmen, dass die Nerven oft fast unmittelbar auf

5

dem Knochen liegen und nur wenig von der äussern, dem periosteum entsprechenden Platte der harten Hirnhaut eingehüllt sind. Bisweilen dürfte es auch gar nicht gelingen, eines Nerven ansichtig zu werden, dann nämlich, wenn dieselben bei der Ablösung am Knochen hängen blieben, oder aber unter der Arterie verlaufen.

Ich habe mir alle Mühe gegeben, den noch sehr wenig gekannten, obgleich schon mehrmals untersuchten Gegenstand in ein klareres Licht zu setzen, insbesondere auch die Ursachen kennen zu lernen, welche namentlich ältere Forscher so oft veranlassten, aus dem Ganglion Gasseri oder einem Aste des Quintus gerade in dieser Gegend Nerven in die harte Hirnhaut treten zu lassen.

Wenn man den Gasser'schen Knoten freilegt, so gewahrt man nicht selten, insbesondere an den Stellen, an welchen unter ihm der erste und zweite Ast abgehen, dass einzelne Fäden von demselben in die ihn deckende dura mater eintreten; bei weiterer Verfolgung zeigt sich jedoch immer, dass sie sich wieder an einen Ast nach einigem Verlaufe anlegen. Diese Art des Abtretens und Wiederanlegens erkannte ich mehrmals an der Stelle, an welcher der Stamm des Quintus und sein Ganglion auf der dura mater aufliegen. In einem Falle glaubte ich einen ganz selbstständigen Nerven zur dura mater gefunden zu haben, welcher gleich unter dem Ganglion abtrat, aber sich nach genauer Prüfung als einen Faden auswies, der nach längerem isolirtem Verlaufe in den zweiten Ast vor dessen Durchtritt durch das runde Loch hineinging. Auf solche Eigenthümlichkeiten am nervus trigeminus sind schon nach dem Zeugnisse von Wrisberg viele älteren Angaben über Nerven zur harten Hirnhaut aus dem Quintus zurückzuführen, und auch die wenigen neuern, nur einigemal geschenen Fälle von Varrentrapp und Lauth, müssen nach meinen hierüber angestellten Untersuchungen in dieser Weise beurtheilt werden. Was aber Longet, Cruveilhier und Purkinje über constant vorkommende Nerven in der dura mater der mittlern Schädelgrube anführen, wird in dem Nachfolgenden insoweit eine Bestätigung finden, als genannte Männer die wirklich vorhandenen Nerven sahen, nicht aber Ursprung und Ende, sowie deren Bedeutung

richtig erkannten. — Die in der harten Hirnhaut der mittlern Schädelgrube verlaufenden Nerven habe ich als folgende kennen gelernt:

1. Nervus spinosus.

Mit diesem Namen belege ich einen Nerven, welcher aus dem
dritten Aste des nerv. trigeminus entspringt (kurz nachdem derselbe
durch das eiförmige Loch getreten ist), durch das foramen spinosum
in die Schädelhöhle geht, dem Laufe der arteria spinosa folgt, und in den
vordern Theil des grossen Keilbeinflügels und in das Felsenbein dringt.

Dieser Nerve ist schon von vielen Beobachtern gesehen, aber
seinem Ursprunge und seiner Endigung nach nicht erkannt worden. —
Es ist jener Nerve, welchen zuerst Fr. Arnold [1] im Jahre 1826
sah, und von dem Ohrknoten zur mittlern Hirnhautschlagader abtreten
liess. Wenn schon sein Entdecker den Nerven bei der Untersuchung
des Ganglion oticum nicht immer finden konnte, so waren andere
Anatomen noch weniger glücklich, indem sie seiner gar nie ansichtig
wurden, wie denn auch demselben zur Stunde noch keine sichere Stelle
in der systematischen Anatomie angewiesen ist. In der Bezeichnung
der meisten Zergliederer, welche seiner Erwähnung thun, liegt das
Zeugniss der vollständigsten Unklarheit über sein Wesen, indem dieselben lediglich nur von einem, die art. mening. med. begleitenden
Nervengeflechte sprechen. Nach Arnold scheint mir Varrentrapp [2]
am frühesten zu seiner Kenntniss beigetragen zu haben. Er leitet ihn
ebenfalls aus dem Ohrknoten ab und erkannte auch schon eine Spal-
tung desselben in mehrere Zweige. Es muss sehr dahin gestellt bleiben, ob ein Beobachter vor jenen den Nerven schon kennen gelernt
habe. J. Müller [3], welcher sich von seiner Existenz überzeugte und einmal einen Theil weithin nach aussen in der Richtung nach der Schläfe
verfolgte, findet es nach einer Stelle bei Comparetti [4] wahrscheinlich,

---

1) Dissertatio de parte ceph. etc.
2) Observationes anat. p. 32.
3) Archiv für Physiologie und Anatomie, Jahrgang 1837. p. 283.
4) De aure interna p. 39.

dass dieser Naturforscher den Nerven schon beschrieben habe. Wir müssen es der Kritik Anderer überlassen, aus der hier beigegebenen Stelle [1]) einen Nachweis zu finden, da wir uns ausser Stande sehen, darin eine Uebereinstimmung mit unsern Beobachtungen zu erkennen. Valentin [2]) beschreibt den nerv. spinosus in einer nicht sehr aufklärenden Weise: als obern hintern Gefässnerven des Ganglion oticum, welcher sich entweder an die mittlere Hirnhautschlagader, oder auch an ein arterielles oder venöses Blutgefäss begebe, welches nach aussen von dem obern Rande des Ohrknotens verlaufe. Bei Fäsebeck [3]) ist ausser einem drei Linien langen weissen Strich auf schwarzem Grunde Nichts zu bemerken, woraus sich über den Nerven Etwas entnehmen liesse. B. Beck [4]) fand ihn immer und zweimal durch ein besonderes Kanälchen in die Schädelhöhle tretend. Hyrtl [5]) und die meisten Andern erwähnen seiner nur ohne nähere Angabe der Eigenthümlichkeiten. Ueber die Endigung des Nerven sprechen sich alle Schriftsteller dahin aus, dass er eben in die dura mater übergehe. Nur Bidder [6]) hatte noch eine Beziehung desselben nach einer andern Seite hin erkannt, und insbesondere nachzuweisen gesucht, dass von ihm aus, nachdem er durch das Stachelloch in die Schädelhöhle getreten ist, ein Fädchen abgehe, welches zum Knie des nervus facialis treten soll.

---

1) „Verum a primo ortu et discessu tertii rami nactus sum alterum filamentum, quod emissum a facie inferiore et interna, intra substantiam mollem, mucosam, rubentem ibi congestam ascendit, osseam substantiam pervadit supra canalem musculi tensoris et ad distantiam part. 12. circiter emittit filamentum, quod adit vaginam musculi Eustachii, trunculo deinde per foraminulum exeunte in fossam ossis temporalis et permeante duram meningem.

2) Hirn- und Nervenlehre p. 407.

3) Die Nerven des menschlichen Kopfes. Taf. II. 72.

4) Anatomische Untersuchungen über einige Theile des VII. u. IX. Hirnnervenpaares. Heidelberg 1847, p. 44.

5) Handbuch der Anatomie S. 599.

6) Neurologische Beobachtungen p. 51.

a. *Ursprung des nervus spinosus.*

Der Stachellochnerve zeigt eine sehr wechselnde Art seines Ursprunges, so dass nur erst aus einer grössern Zahl von Beobachtungen eine Regel abstrahirt werden kann. Als der häufigste Fall erschien mir der, dass derselbe aus dem dritten Aste des Quintus 2—3 P. L. unterhalb des foramen ovale aus der äusseren Fläche desselben, dem hintern Rande des Nerven näher als dem vordern, entspringt. Das dünne Nervchen läuft gegen den obern Rand desjenigen Theiles des Ohrknotens, welcher nach hinten über den dritten Ast des Quintus hervorsteht. Das Nervchen tritt dabei oft so in die Substanz jenes Ganglion, dass es sich dem Auge vollständig entzieht und erst wieder beim Heraustritt, am obern hintern Ende des gangl. otic. erkannt wird. Anderemale sah ich es nur wenig gedeckt über jenen Rand weglaufen. Wenn es den Weg durch das Ganglion oder hart über ihm nimmt und wieder an dessen oberem Ende zu Tage tritt, so macht der Nerve ganz den Eindruck, als stamme er aus dem Ganglion her, was auch die Veranlassung dazu gab, seinen Ursprung aus jenem abzuleiten. Sehr oft aber steht der Nerve mit dem Ohrknoten in gar keiner Berührung. Er tritt an der äussern Fläche des dritten Astes des Quintus ab, und schlägt sich auf dem kürzesten Wege nach aufwärts gegen das Stachelloch, um auf oder zur Seite der art. meningea media in die Schädelhöhle zu gelangen. Zweimal sah ich bis jezt den Nerven aus dem hintern Rande des dritten Astes zwei Linien unter dem foramen ovale abtreten und unter einem Bogen auf der arter. mening. m. zum foramen spinosum gehen. In einem Falle ging derselbe vom dritten Aste ab, während seines Verlaufes durch's eiförmige Loch. Er gelangte durch ein besonderes Kanälchen in die Knochensubstanz, welche zwischen dem foramen ovale und spinosum liegt, in die mittlere Schädelgrube. Damit im Einklange, dass der nerv. spinosus nicht immer jenes Verhalten zum Ganglion oticum zeigt, steht die Angabe Arnold's u. A., der zufolge sie den Faden des Ganglion oticum zur art. m. m. nicht immer finden konnten, und eine Beständigkeit seines Vorkommens

demgemäss nicht einräumten. Aus den wenigen hierüber vorliegenden
Beobachtungen lässt sich kaum über die Ansichten Anderer ein be-
stimmtes Urtheil bilden, da gewöhnlich blos von einem Fädchen gesprochen
wird, welches vom Ganglion otic. zur art. meningea media geht. Ein
vollständiges Räthsel aber, und mit den Angaben aller andern Anatomen, welche diesem Gegenstande ihre Aufmerksamkeit zuwendeten,
in vollem Widerspruch ist Valentin's ') Beschreibung, welcher mehrere
obere hintere, und untere hintere, gröbere und feinere Fäden angibt,
welche aus dem Ganglion oticum zur mittleren Hirnschlagader verlaufen, und sofort nach ihm in die harte Hirnhaut gehen sollen. Wenn
Valentin's hier bezeichnete Nerven keine Zellstofffäden waren, so können wir von uns nicht behaupten, so glücklich gewesen zu sein, dieselben an Köpfen wie sie hier zu Lande sind, gefunden zu haben.
Eine genaue durch das Mikroskop controlirte Untersuchung wies entweder nur einen Nervenfaden vom Ohrknoten zum Stachelloche nach,
in dem Falle nämlich, wenn der nerv. spinos. hart über oder durch das
Ganglion verlief; oder er fehlte völlig bei den andern Arten des Ursprunges und nächsten Verlaufes jenes Nerven.

b. Verlauf des nervus spinosus.

Das Stämmchen verhält sich sehr mannigfaltig zur mittlern
Hirnhautschlagader. Es läuft gewöhnlich einige Linien unter dem Stachelloche auf derselben, gar nicht selten aber tritt dasselbe dort schon
an ihren hinteren, seltener an ihren vordern Umfang. Mehrmals sah ich
den Nerven gleich Anfangs unter die Arterie treten und in seinem
stärkern vordern Zweige während des ganzen Verlaufes diese Richtung
einhalten. Sehr leicht könnte in diesem Falle der Nerve ganz übersehen
werden, daher man darauf Rücksicht zu nehmen hat, wenn derselbe
anderwärts nicht zu Gesichte kömmt. An nicht injicirten Köpfen wird man
seiner gewahr durch Seitwärtsschieben des Gefässes, was jedoch, beson-

1) a. a. O. p. 405 und 407.

ders bei tiefem sulcus arteriosus, bei eingespritzten Präparaten nicht leicht auszuführen ist. Will es nicht gelingen, den Nerven durch das Messer darzustellen, so wird durch Herausnehmen der dura mater und Behandeln derselben mit Essigsäure, dies jederzeit möglich werden.

Die Theilung des Stämmchens hat in der Regel sehr bald, noch diesseits des foramen spinosum Statt. Meistens fand ich zwei Zweige, welche die arteria meningea Anfangs gabelartig in der Weise umfassten, dass der eine Zweig an die vordere, der andere an die hintere Seite derselben gelangte. In der hier (Taf. II) beigegebenen Zeichnung ist ein längeres Stämmchen an die hintere Seite getreten und gab den nach vorwärts tretenden Zweig, während des Verlaufes durch das foramen spinosum ab, so dass er über dem Stamme der Arterie, sich mit ihr kreuzend, zu liegen kam, um an seinen Bestimmungsort zu gelangen. Zur leichtern Uebersicht mag es passend erscheinen, die einzelnen Zweige des Nerven nach der Richtung ihres Laufes einzutheilen: in hintere und in vordere Aeste.

α. Hintere Aeste, r. r. posteriores nervi spinosi.

Unmittelbar nachdem der Nerve mit der arteria mening. media durch das Stachelloch in die mittlere Schädelgrube getreten ist, gibt er einen sehr zarten Faden ab, welcher nur von der obern Platte der dura mater bedeckt, in Begleitung eines Gefässchens nach rückwärts läuft. Schon nach einem Laufe von zwei bis drei Linien wird derselbe sammt der Arterie von einer starken Scheide der harten Hirnhaut umhüllt. An dem vordern Ende der sutura petroso-squamosa oder der ihr entsprechenden Nahtspur, 2—3 Linien nach aussen und etwas nach unten von der apertura superior canalis tympanici, befindet sich am Schläfenbein ein kleiner Schlitz mit einer feinen Oeffnung an seinem obern Ende, oder aber es findet sich einfach nur eine kleine Apertur. Führt man am skeletirten Schläfenbeine eine feine Borste ein, so gelangt dieselbe in die Trommelhöhle und zwar an der äussern Seite des obern Endes des semicanalis pro tensore tympani. Durch jene Oeffnung

tritt nun das Nervchen und verbreitet sich, soweit es darzustellen gelang, in der Haut zunächst des Einganges in die Zitzenbeinzellen. Es
gehört zu den grossen Schwierigkeiten, das Nervchen in seinem ganzen
Verlaufe zu verfolgen, und Mancher, der es nach mir untersuchen
wird, dürfte nach mehreren fruchtlosen Versuchen ein Verdammungs-
urtheil aussprechen. Eine längere Uebung und viel Geduld wird inzwischen zum sichern Ziele führen. Immer überzeugt man sich leicht
vom Vorhandensein des Nerven überhaupt, wenn man von der vorher
am Felsenbeine studirten Eintrittsstelle an, die Scheide sammt dem Blutgefässchen nach dem foramen spinosum hin ablöst, mit Essigsäure
durchscheinend macht, und jetzt unter mässigem Drucke zwischen Glas-
plättchen, das Ganze der mikroskopischen Untersuchung unterwirft.

Jenes Nervenfädchen ist es ohne Zweifel, was Bidder [1] zuerst
beobachtete, und als nervus petrosus superficialis infimus s. tertius be-
schrieb. Die Angabe, dass es durch eine Spalte in der vordern Fläche
des Felsenbeines vor und unter dem aditus canalis Fallopiae gehe,
finde ich mindestens nicht richtig beschrieben, da die Oeffnung an
der oben angegebenen Stelle liegt. Dass der Nerve, wie Bidder will,
an den Facialnerven oder an das Knie desselben gehe, fand ich ebenfalls
nicht bestätiget, sowie sich der Nerve auch nicht als sympathischen
Faden, sondern als weissen, härtlichen zu erkennen gab. Bei der Untersuchung vom Knie des nerv. facialis aus war es mir nie möglich, einen
Nerven in der Richtung und dem Verlauf des von Bidder angegebenen
zu erkennen. Ich muss mir demgemäss erlauben, diese Bemerkungen
als eine Berichtigung zu Bidder's Beobachtung anzuführen, wenn nämlich
wirklich eine Identität meines und des von Bidder wahrgenommenen
Nerven besteht, was ich wenigstens dem Ursprunge nach glauben
muss, und weil die sorgfältigste Untersuchung einen andern Nervenzweig in jener Richtung nicht nachwies. J. Müller [2] hat den Nerven

---

1) Neurologische Beobachtungen p. 51.
2) Archiv für Anatomie und Physiologie, Jahrgang 1837. Jahresbericht 1836,
XXVI u. XXVII.

in mehreren Fällen wieder gefunden. Nach Valentin's ganz auffallender und von Bidder's Darstellung sehr abweichender Angabe entspringt der n. petros. superfic. tertius nur selten aus dem Knie selbst, meist aus dem kleinern oder selbst aus dem grössern oberflächlichen Felsenbeinzweige! geht zwischen den Platten der harten Hirnhaut nach aussen, vorn und mehr oder minder nach unten schief hinüber und tritt in das Geflecht der Nerven der mittlern Hirnhautschlagader, bald nachdem diese durch das foramen spinosum getreten ist. Nach einer besondern Bemerkung Valentin's gehört jenes Nervchen zu den vielen Gefässzweigen, welche der Antlitznerve, wie an so vielen andern Stellen, so auch hier abgibt!! — B. Beck [1] hält sich, auf Untersuchungen an gut injicirten Köpfen gestützt, zur Behauptung gerechtfertiget, dass Bidder's Beobachtung auf einer Täuschung beruhe, indem der n. petros. superfic. tertius nur ein Zweigchen der arteria meningea media sei, welches gesondert in den Fallopischen Kanal eintrete, und namentlich dann getroffen werde, wenn die den grossen und kleinen Felsenbeinnerven begleitenden Gefässchen von sehr geringem Kaliber seien. Dass wirklich sehr oft an jener Stelle, an welcher Bidder seinen Nerven zum n. facialis treten lässt, sich ein Blutgefässchen befindet, davon habe ich mich ebenfalls überzeugt; wenn aber Beck zugleich das Bestehen eines Nerven in Abrede stellt, welcher von dem n. spinosus entspringend, in eine eigene Spalte des Felsenbeins tritt, so ist er in grossem Irrthum. Auf einem wirklichen Missverständnisse scheint mir aber die Bemerkung Beck's zu beruhen, dass jene Gefässanastomose nicht verwechselt werden dürfe mit dem Nervchen, welches die art. meningea med. begleitend, an der dura mater sich verzweigt, da ja eben Bidder zur Vermeidung jeder Verwechslung bestimmt den Ursprung aus jenem Nerven und den Eintritt durch eine besondere Oeffnung im Felsenbeine angibt, und sich nur bezüglich der Endigung seines Nerven getäuscht zu haben scheint.

---

1) Anatomische Untersuchungen über einzelne Theile des VII. u. IX. Hirnnervenpaares p. 44.

Der zweite hintere Zweig läuft in der Richtung des ramus petrosus der art. mening. media nach rückwärts und etwas nach aufwärts gegen die Schuppe des Schläfenbeines. Anfangs verläuft der Nerve zwischen den Platten der harten Hirnhaut, wird aber nebst dem Gefässe, welches ihn begleitet, von einer besondern Fortsetzung derselben umhüllt, sobald er an dem Schläfenbeine ankömmt. Der Nerve tritt in eine Spalte an der vordern Fläche des Felsenbeins, welche nach hinten einen Zoll vom untern Ende des Schläfenbeins entfernt liegt in der Linie, in welche die pars squamosa von der pars petrosa früher getrennt war. Der Spalt ist meist von einem Knochenplättchen überragt und zieht sich in der Richtung gegen das jugum petrosum hin. In seinem Grunde befindet sich eine kleine Oeffnung, durch welche der Nerve zur Haut gelangt, welche die Zellen des Zitzenfortsatzes auskleidet. Man wird am Schläfenbeine jene Spalte, oder oft auch nur eine kleine Oeffnung jederzeit leicht finden, wenn man mit Borsten an dem obern Ende der ehemaligen sutura petroso-squamosa sondirt. Die Borste, welche dann in die Tiefe dringt, gelangt in die Räume des Zitzenfortsatzes, wie man sich am besten davon überzeugt an einem Schläfenbeine, an welchem der untere Theil des Zitzenfortsatzes abgetragen ist. In der Mehrzahl der Fälle findet sich nur eine Oeffnung, durch welche der Nerve in die Tiefe dringt, und welche für eine ziemlich starke Borste durchgängig ist. An einem Schläfenbeine, welches vor mir liegt, sehe ich eine zweite viel feinere Oeffnung, durch welche eine Borste ebenfalls in die Räume des processus mastoid. gelangt, so dass hier der Nerve schon vor seinem Eintritte in den Knochen sich in zwei Zweigchen getheilt hatte. An gut eingespritzten Köpfen sieht man das begleitende Gefässchen bis fast dahin, wo es mit dem Nerven in die Tiefe steigt, durch die deckende Knochenlamelle hindurchschimmern, und kann dasselbe als Wegweiser bei dem Aufmeiseln benützen.

Es ist mir nicht bekannt, dass dieser Nerve von irgend Jemand schon beobachtet und beschrieben worden wäre, doch scheint es mir kaum zweifelhaft, dass Herr Prof. J. Müller [1]) ihn theilweise gesehen hat, indem er bemerkt, einen Zweig des Nerven, welcher die art. spinosa begleitet, einigemal weit hin nach aussen in der Richtung gegen die Schläfe verfolgt zu haben. Dieser Zweig des nerv. spinosus dürfte dadurch ein besonderes Interesse bieten, dass er zugleich die Bedeutung des sogenannten nerv. petr. superfic. tert. aufklärt. Beide Nerven scheinen mir als Knochennerven angesprochen werden zu können, insofern die Zellen des Zitzenfortsatzes eben nur sehr entwickelte Räume einer substantia spongia darstellen, bis in deren auskleidende Haut an vielen Knochen schon längere Zeit Nerven nachgewiesen wurden. Wenn der obere hintere Zweig vorzüglich der hintern Abtheilung der Zellen des Zitzenfortsatzes angehört, so ist es der untere kleinere, welcher den vordern Theil versorgt.

β. Vordere Aeste des n. spinosus, r. r. anteriores nervi spinosi.

Der grösste Zweig verläuft meist an der innern Seite des Stammes der arteria meningea media. Gewöhnlich tritt derselbe nach seinem Durchgange durch das Stachelloch über die Arterie hinweg und gelangt mehr oder weniger nahe an deren innere Seite; seltener ist es, dass er eine grössere Strecke unter dem Gefäss hinzieht. Da wo sich das vordere Ende des Stammes der Arterie theilt, läuft der Nerve unter dem nach einwärts gegen die obere Augenhöhlenspalte gehenden Zweig des Gefässes hinweg und theilt sich bald darauf unter einem spitzen Winkel in die beiden Endzweige. Der eine derselben tritt nahe dem äussern Ende der fissura orbitalis superior in den Knochen, der andere senkt sich 3—4 Linien nach aussen von ihm in den grossen Keilbeinflügel. An dem vordern obern Ende des letztern, da wo er an das Stirn- und Seitenwandbein anstösst, sieht man an der superficies cerebralis bei allen Keilbeinen zwei oder mehrere grössere oder kleinere Oeffnungen, durch welche ausser Blutgefässchen

---

1) Archiv 1837. Jahresbericht 1836. XXVII.

auch jene Nervenzweigchen eintreten. Es ist mir der Feinheit der Fäden wegen nicht gelungen, sie weit in die Knochensubstanz hinein zu verfolgen. Ich konnte übrigens sehen, wie die Fäden in der Richtung nach dem Seitenwandbein hin verliefen.

Einen zweiten nach vorwärts laufenden Nervenfaden sah ich mehreremal an der äussern Seite des Stammes der art. m. m; es glückte mir bisher nicht, sein Ende zu erkennen. Aus vergleichenden Untersuchungen muss ich glauben, dass er ebenfalls ein Knochennerve sei. Die Verfolgung der Knochennerven des cranium gehört gewiss zu den schwierigsten anatomischen Arbeiten. Sie ist eine wahre Geduldsprobe und Jeder, der schon Nerven an den Röhrenknochen untersuchte, wird dies Geschäft, so delicat es auch ist, jenem gegenüber ungleich leichter finden und Murray vollständig beistimmen, wenn er sagt: in artibus multo facilius procedit labor.

Die vielfachen Hindernisse, welche der Untersuchung der Schädelknochennerven des Menschen entgegentreten, veranlassten mich beim Kalbe, wo die Knochenmasse weicher und wenigstens ein Theil der hierher gehörigen Nerven, wie ich schon früher fand, stärker entwickelt ist, Nachsuchungen anzustellen. Die Ergebnisse scheinen mir von grösstem Interesse, weil einmal darin eine Bestätigung der Erfunde beim Menschen liegt, dann aber weil hier deutlicher als irgendwo die sonst der dura mater zugeschriebenen Nerven sich als Knochennerven mit grösster Bestimmtheit nachweisen lassen.

Beim Kalbe geht aus dem ersten Aste des dreigetheilten Nerven nur einige Linien von der Stelle entfernt, an welcher derselbe durch die obere Augenhöhlenspalte tritt, ziemlich nahe an seinem äussern Rande, mit einem oder zwei Wurzelfäden ein Nerve ab, welcher entweder eine kurze Strecke quer nach auswärts, noch diesseits der fissura orbitalis superior verläuft, oder aber jenseits derselben nach aussen ziehet, um alsbald in den grossen Keilbeinflügel zu treten. Bei dem letztern Verlaufe kann sein Anfang dann erst deutlich gesehen werden, wenn der hintere Theil der Augenhöhle aufgebrochen wurde. Bei ersterer Art seines Ursprungs sieht man sein Stämmchen recht deutlich nach Entfernung der obern Platte der dura mater in der mittlern Schädelgrube; er liegt nur wenig eingehüllt auf dem Knochen und kann leicht bis zu der Eintrittsstelle in denselben gesehen werden. Dieser Nerve, obgleich an einer andern Stelle des dreigetheilten Nerven abgehend, scheint mir dem grössern vordern Zweige des nerv. spinosus zu entsprechen, nur dass er ohne Vergleich stärker ist, und einen viel grössern Verbreitungsbezirk in den Schädelknochen jenes Thieres hat.

Der Nerve tritt gegen das untere Ende der sutura sphenofrontalis in den grossen Keilbeinflügel, und läuft, indem er da und dort kleinere Fädchen abgibt, eine halbe bis eine Linie unterhalb der innern Glastafel nach auf- und rückwärts. Er nimmt seinen Lauf durch das Scheitelbein gegen das obere Ende der Hinterhauptsschuppe. Hier ist seine Endigung mit mehreren nach verschiedenen Richtungen ziehenden Fäden. Einige feine Fädchen verfolgte ich bis in den Nahtknorpel der sutura lambdoidea. Es lassen sich zwei grössere Zweige desselben als ein constantes Vorkommen unterscheiden, von welchen der untere vorzugsweise dem knöchernen Boden der mittlern Schädelgrube angehört. Es treten mehrere feine Fäden aus ihm, welche an der äussern Platte der dura mater verlaufend, sich in den grossen Keilbeinflügel senken, während das Ende nach der Schuppe des Schläfenbeines hinzieht. Das Keilbein wird überdies noch von einem besondern Nerven versorgt, welcher einen nicht immer gleichen Ursprung zeigt. Mehrere Male sah ich ihn gleich unter jenem grössern Knochennerven aus dem ersten Aste des Quintus abgehen, und mit zwei Endzweigchen in den Ursprungstheil des grossen Keilbeinflügels eintreten. Auf der rechten Seite des hier abgebildeten Präparates entspringt er weit nach hinten vom Augenaste, und scheint mit Fasern des Sympathicus gemischt zu werden. In der ersten Zeit meiner Untersuchungen, welche hauptsächlich der dura mater galten, und vor Entdeckung jenes grössern Knochennerven glaubte ich nicht anders, als dass die Nervchen der harten Hirnhaut angehören. Durch verschiedene andere Beobachtungen auch aufmerksam gemacht, dass dieser Haut Nerven abgehen, unterwarf ich die der mittleren Schädelgrube angehörende Partie der Haut, in welcher man nach Behandlung mit Essigsäure zahlreichere Nerven sieht, einer wiederholten Revision, und fand jetzt bei einer sehr sorglichen Ablösung, wie einzelne Nerven eine Strecke weit an ihrer dem Periost entsprechenden äussern Platte fortliefen, und sich dann in die Substanz des Knochens begaben. Von jetzt an war es mir klar geworden, warum in der doch ganz herausgenommenen dura mater selbst stärkere Nerven nicht weiter in ihr Gewebe verfolgt werden konnten, sondern wie abgeschnitten aufhörten.

Bei Untersuchung des Ursprunges des nerv. spinosus gelang es mir, noch einen weitern Knochennerven zu beobachten. Es geht derselbe vom dritten Aste des Quintus unter dem eiförmigen Loche ab. Es ist wirklich eine Sache des Zufalles, seine Abgangsstelle zu sehen, da der dünne Faden bei weitem in den meisten Fällen abreisst, ehe der dritte Ast freigelegt ist. Nur einmal sah ich den ganzen Zusammenhang. Das Nervchen trat an der äussern Seite jenes Astes, als er kaum unter dem foramen ovale erschien, ab und ging kaum einige Linien lang in eine kleine Oeffnung am äussern Umfang des eiförmigen Loches. Ich glaubte anfangs ein entleertes Blutgefässchen vor mir zu haben, obgleich der Nerve weiss und härtlich erschien. Das Mikroskop löste jeden Zweifel und bestätigte zugleich die andern vorliegenden Fälle, an welchen ich nur den Theil des Nerven wahrnahm, der oben in den Knochen hineintrat. Nachsuchungen an den verschiedensten gerade zu Gebote stehenden skeletirten Köpfen zeigten bei allen eine feine Oeffnung, nahe an dem Rande des foramen ovale. Die Stelle der Oeffnung wechselte übrigens so, dass sie bald weiter nach aussen, bald mehr am vordern Ende des foramen ovale getroffen wurde. Eine eingeführte Borste zeigte immer die Richtung des Verlaufes nach vorwärts. So auffallend es erscheinen muss, dass an so verschiedenen Stellen Nerven in das Keilbein treten, so einleuchtend wird es, wenn man bedenkt, wie dieser Knochen mit fast allen andern des Schädels im Zusammenhange steht, und daher als Träger dienen kann für Nerven zu den verschiedensten Knochen des cranium.

Nerven, welche in das Keilbein laufen, hatte schon Wrisberg [1]) beobachtet und ihrer in nachstehender Weise Erwähnung gethan: cum
ex arteriae Vidianae surculis plures in cavernulas ossis sphenoidei
spongiosas, ad nutriendum os abeant, ;microscopii adeo ope tenuissimi
nervulorum capilli distingui possunt, qui cum arteriolis os intrant.

Murray's [2]) Untersuchungen über die krankhafte Empfindlichkeit
der Knochen führten ihn zur Entdeckung mehrerer Knochennerven,
unter welchen solche zum Hinterhauptsbeine und den grossen Flügeln
des Keilbeines. „In tuberculo occipitali, musculis insertionem prae-
benti, praeter vasa plura penetrantia, nonnulla fila nervorum cervica-
lium subtilia arteriarum ductum ad ipsam ossis substantiam sequi vi-
dentur, et ramuli quidam subtilissimi temporalium profundiorum, crota-
phitide penetrato, alis sphenoidalibus majoribus se immittunt."

Aus dieser Stelle Murray's könnte man die Vermuthung schö-
pfen, dass ihm der von mir beobachtete Nerve in der Nähe des äussern Randes des foramen ovale bekannt gewesen sei. Allein sein
beständiger Ursprung vom Stamme des dritten Astes, sowie seine
constante Eintrittsstelle in den Knochen nahe an dem äussern Rande
des eiförmigen Loches dürften mindestens der Beschreibung nach einen
andern als den von Murray angeführten Nerven zum Keilbeinflügel bezeichnen. In neuerer Zeit bestätigte Kobelt [3]) Wrisberg's Beobachtung, und
vergrösserte durch selbstständige Forschungen die Zahl der Kopfknochen-
nerven, indem er vom nerv. frontalis einen Zweig in die pars frontalis des
Stirnbeins verfolgte, sowie denn überhaupt dieser treffliche Anatom die ganze
Lehre von den Knochennerven erst in's Dasein rief und sie insbesondere
auch durch Nachweisung von Nerven in den Extremitätenknochen erhär-
tete. Eine schöne Erweiterung hat dieser Zweig unserer Wissenschaft durch

---

1) De nervis arterias, venasque comitantibus. Ludwig. scriptores neurolog.
Tom. III. S. 30.
2) De sensibilitate ossium morbosa in Ludwig. script. neurolog. Tom. IV.
p. 256 u. 257.
3) Bei Arnold, Handbuch der Anatomie des Menschen. I. Bd. S. 245.

B. Beck [1]) erfahren, welcher in Kobelt's Fussstapfen tretend Nerven in der ulna, dem radius und dem femur ebenfalls dargestellt hat.

II. Sympathische Nerven.

Aus dem bisher Erörterten dürfte es klar geworden sein, dass die beschriebenen Nerven dem vegetativen Systeme nicht angehören. Es fehlt jedoch in der mittlern Schädelgrube nicht an sympathischen Nerven; sie gehören aber ausschliesslich der arteria meningea media an. Untersucht man die an den Carotiden längst erkannten sympathischen Nerven von der art. maxillaris interna an, so trifft man überall auf ihr äusserst feine grauliche, in Zellstoff eingehüllte Fäden, die oft von Bindegewebefasern nur durch das Mikroskop zu unterscheiden und als Nervenfasern zu erkennen sind. Es bedarf eines Zurückgehens auf die Beobachtungen früherer Forscher nicht, um darzuthun, dass Gefässnerven zu den längst erkannten Thatsachen gehören. Zur Stunde zweifelt Niemand an ihrer Existenz, wenn auch nicht jedes Gefässstämmchen besonders auf sie untersucht wurde. Wir können daher auch nicht denken, dass Beobachter, welche von Nerven zur harten Hirnhaut sprechen, die nervi molles der mittlern Hirnhautschlagader darunter verstehen, sondern jene von mir als Knochennerven erkannten Fäden, obwohl bei dieser Veranlassung ihrer nirgends speziell gedacht wird. Um jedoch kein Moment ausser Augen gelassen zu haben, schenkte ich jenen Gefässnerven eine besondere Aufmerksamkeit. An der Stelle, an welcher die art. meningea media von der innern Kieferpulsader abgeht, sah ich immer zwei oder mehrere ganz feine graue Nervenfädchen auf dem Stämmchen der letztern, welche, indem sie aufwärts stiegen, in immer feinere Fibrillen zerfielen und sich endlich ganz in der Zellscheide des Gefässes verloren. Es gelingt nur bis über das Stacheloch hinaus, einzelne derselben noch

---

1) Anatomisch-physiologische Abhandlung über einige in Knochen verlaufenden und an der Markhaut derselben sich verzweigenden Nerven. Freiburg 1846.

49

als gesonderte Fasern zu erkennen und auch diess nur mit Hilfe der
Lupe. Weiter hinauf und an den grössern Zweigen der Arterie ist
nur in der abgelösten Zellscheide da und dort unter dem Mikroskope
noch ein Nervenfädchen zu unterscheiden, welches sich durch sein
lichteres Aussehen, die eincontourigen laxe neben einander liegenden
Primitivfasern in einer durch die Uebung und den jeweiligen Vergleich
leicht zu erkennenden, aber kaum zu beschreibenden Weise als sympathischen Nervenfaden kund gibt. Ueber das endliche Verhalten der
feinsten vegetativen Nervenfasern zur Gefässwand steht uns keine Beobachtung zu Gebote; es ist uns nur soviel deutlich geworden, dass
sie mit der weitern Verzweigung des Gefässes immer feiner werden
und zuletzt jeder Methode der Untersuchung gänzlich unzugänglich
werden. Diese sympathischen Nerven halten sich immer innig an die
Gefässwandung und niemals sieht man sie in das Gewebe der Nachbar-
schaft treten, so dass mir die Angabe Purkinje's u. A., welche von
Geflechten sympathischer Nerven, welche die arteria spinosa begleiten
sollen, nur dadurch einigermassen verständlich wird, dass die, jedoch
nicht geflechtartige, Ausbreitung des nerv. spinos. damit vermeint ist.
Ob jene in die Zellscheide und auf der Wandung der arteria meningea
media laufenden sympathischen Fasern als dem Gewebe der dura
mater angehörige Nerven angenommen werden können, will ich unentschieden lassen, und nur soviel bemerken, dass sie hier wie überall
den Gefässen eigenthümliche, ihre trophische Function vermittelnde
sein werden. —

———

Ueberblicken wir die in dieser Arbeit niedergelegten Ergebnisse unserer Untersuchungen, so resultiren daraus folgende Thatsachen:
1. Nur im Gezelte und in der harten Hirnhaut der mittlern Schädelgrube verlaufen Nerven.
   a. Die Nerven im Gezelte entspringen aus dem ersten Aste
   des dreigetheilten Nerven.
   b. Sie gehören nicht dem Gewebe der dura mater, sondern
   der Haut der Blutleiter an.

7

2. Die Nerven in der harten Haut der mittlern Schädelgrube sind:

   a. Ein cerebraler, die arteria spinosa begleitender, aus dem dritten Aste des Quintus stammender Nerve, welcher in das Keilbein und in das Felsenbein tritt.

   b. Sympathische Fasern, welche der Wandung der arteria meningea media angehören.

3. Die harte Hirnhaut besitzt keine ihrem Gewebe eigenthümlichen Nerven und man muss daher dem, freilich anders motivirten, Ausspruche *Haller's* den vollen Werth einer Wahrheit zuerkennen.

Erklärung der Abbildungen.

Taf. I.

Fig. 1. Innenfläche des Schädelgrundes der rechten Seite mit der dieselbe theilweise überziehenden harten Hirnhaut.

a. Kleinhirngezelt.

b. Ein umgeschlagener Lappen der obern Platte der dura mater.

c. Sinus transversus.

d. Querdurchschnitt des sinus longitudinalis.

e. Sinus petrosus superior.

f. Augenast des Quintus.

g. Nervus recurrens *), welcher aus dem ersten Aste des Trigeminus entspringt, sich um den nerv. patheticus herumschlingt, eine Strecke weit auf ihm fortläuft, sich dann in zwei grössere Zweige theilt, von welchen der eine am äussern Rande des n. trochl. hinzieht, der andere entfernter von ihm verlauft. Beide Zweige treten zwischen die Platten des Gezeltes und zerspalten sich daselbst in vier grössere, und viele kleinere Zweigchen, welche sich sofort in die Haut der sinus longitudinalis — transversus — petrosus superior begeben.

h. Ein Nervenfaden, welcher aus dem ersten Aste des Trigeminus stammend, sich an den nerv. pathetic. anlegt, und wieder von ihm in der Augenhöhle abgeht. Ein Zweig desselben ging zum nerv. ethmoidalis, der andere zum nerv. supratrochlearis. Mehrere feine Fädchen verloren sich in dem Bindegewebe, welches den bulbus oculi umgibt.

---

*) Der Nerv. patheticus ist etwas zur Seite geschoben, um die Ursprungsstelle des n. recurrens und die Art seiner Anlagerung an jenen Nerven darzulegen.

i. Nerv. patheticus.
k. Nerv. oculomotorius.
l. Nerv. abducens.
m. Nerv. opticus.
n. Carotis interna.
o. Glandula pituitaria.
p. Musculus patheticus.
q. Musculus rectus oculi superior.
r. Fettzellgewebe auf dem Augapfel.

Fig. 2. Ein Stück des sinus transversus vom Kalbe der Länge nach aufgeschlitzt. Die Nerven verbreiten sich in der Bindegewebeschichte, welche zwischen dem Sinus und der denselben auskleidenden Haut angelagert ist.

––––––––

Taf. II.

Darstellung der Verbreitung des Nervus spinosus in der mittlern Schädel-grube der linken Seite.

a. Vorderer langer Zweig des n. spinos. an der innern Seite der arter. mening. med. verlaufend bis zum vordern Ende des grossen Keilbeinflügels, in welchen er sich, in zwei Fädchen gespalten, senkt.

b. Vorderer kurzer Zweig, welcher nur bis gegen die Mitte der mittlern Schädelgrube hin zu verfolgen war.

c. Hinterer kurzer Zweig, und

d. Hinterer langer Zweig, welche beide Nerven durch eigene Spalten in das Felsenbein treten.

e. Arteria meningea media.

f. Ramus petrosus arter. mening. mediae.

g. Ganglion Gasseri des dreigetheilten Nerven, mit zwei auf seiner obern Fläche liegenden supernumerären Ganglien.

h. Nervus recurrens in seiner häufigsten Art des Ursprunges aus dem ersten Aste des Quintus.

i. Nerv. patheticus.

k. Nerv. oculomotorius.

l. Carotis cerebralis.

m. Fäden des plexus caroticus, welche in den ersten Ast des Quintus treten.

n. Nerv. opticus.

o. Felsenbein.

p. Aufgeschlitzter sinus transversus.

q. Nerve in der Wand desselben.

Taf. III.

Innenfläche der Basis vom Kopfe des Kalbes, auf der rechten Seite noch von der harten Hirnhaut theilweise überzogen, auf der linken von derselben befreit und auch die Knochenmasse zum Theile abgetragen zur Darlegung der durch sie verlaufenden Nerven.

a. Knochenlücke in Folge der fast völligen Entfernung des Felsenbeines, welches

b. den Querblutleiter ganz überragte.

cc. Besonderer Querblutleiternerve, welcher mit zwei Wurzeln aus dem Quintus entspringt.

dd. Dreigetheilter Nerve.

ee. Nerv. trochlearis.

f. Nerv. tentorii, mit zwei Fäden aus dem ersten Aste des Trigeminus entspringend, und den Stamm des nerv. trochlearis gabelartig umfassend.

f'. Nerv. tentorii mit einem Wurzelfädchen entspringend.

gg. Grösserer Knochennerve, welcher aus dem Augenaste des Quintus entspringt, in zwei gröbere und mehrere feine Zweige getheilt durch den grossen Flügel des Keilbeines und durch das Seitenwandbein verläuft, bis in die obere Gegend der Lambdanaht, woselbst die Hauptverzweigung stattfindet.

g'. Ein feinerer Zweig desselben.

hh. Kleinerer Knochennerve, ebenfalls aus dem ersten Aste des Quintus entspringend, senkt sich in den Anfangstheil des grossen Keilbeinflügels. Seine Zweigchen, scheinbar in die

i. dura mater tretend, verlaufen eine Strecke weit in ihrer äussern Platte, um sodann in mehrere Zweigchen getheilt in den Knochen zu gehen.

k. Kleinhirngezelt.

l. Sympathischer Nerve, welcher theils in den ersten Ast des Quintus tritt, theils den von diesem abgehenden Knochennerven sich beimischt.

mm. n. n. optici.

nn. Carotid. intern.

o. Glandul. pituitaria.

Fig. 1.

Fig. 2

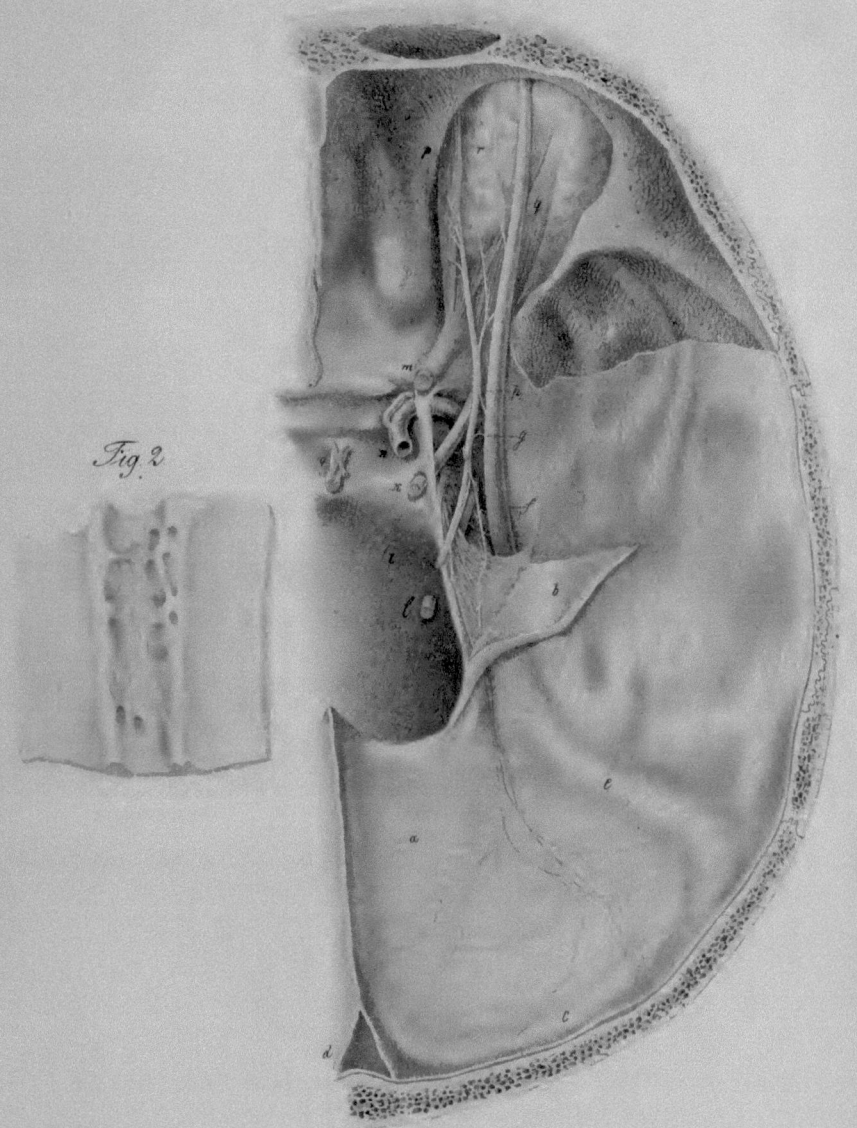

gedruckt v. B. Lewi in Kiel

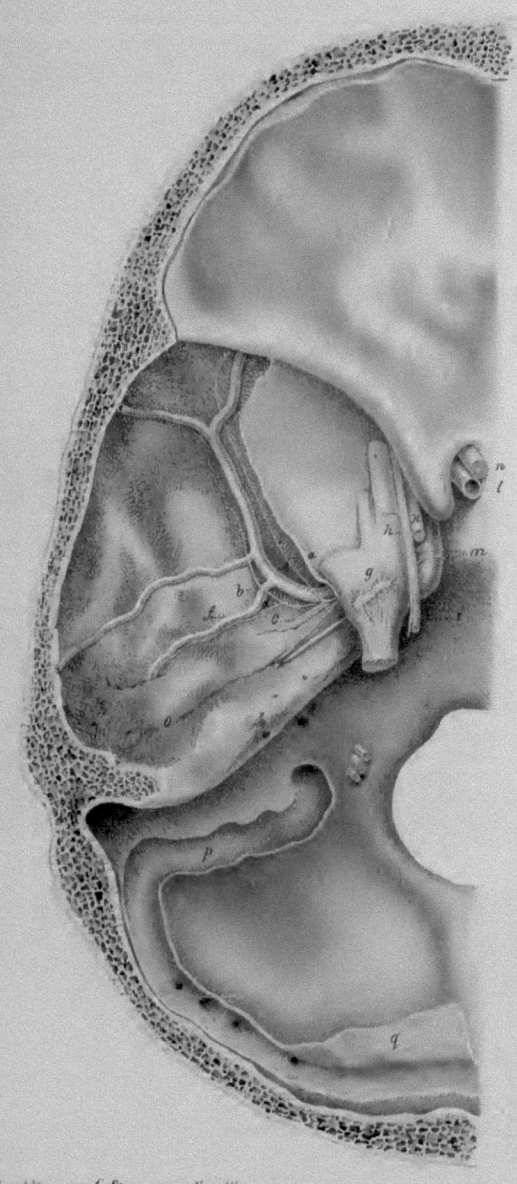

Nach der Natur u. auf Stein gez. v. Max Wiese.   d. v. Ebers in Tübingen.

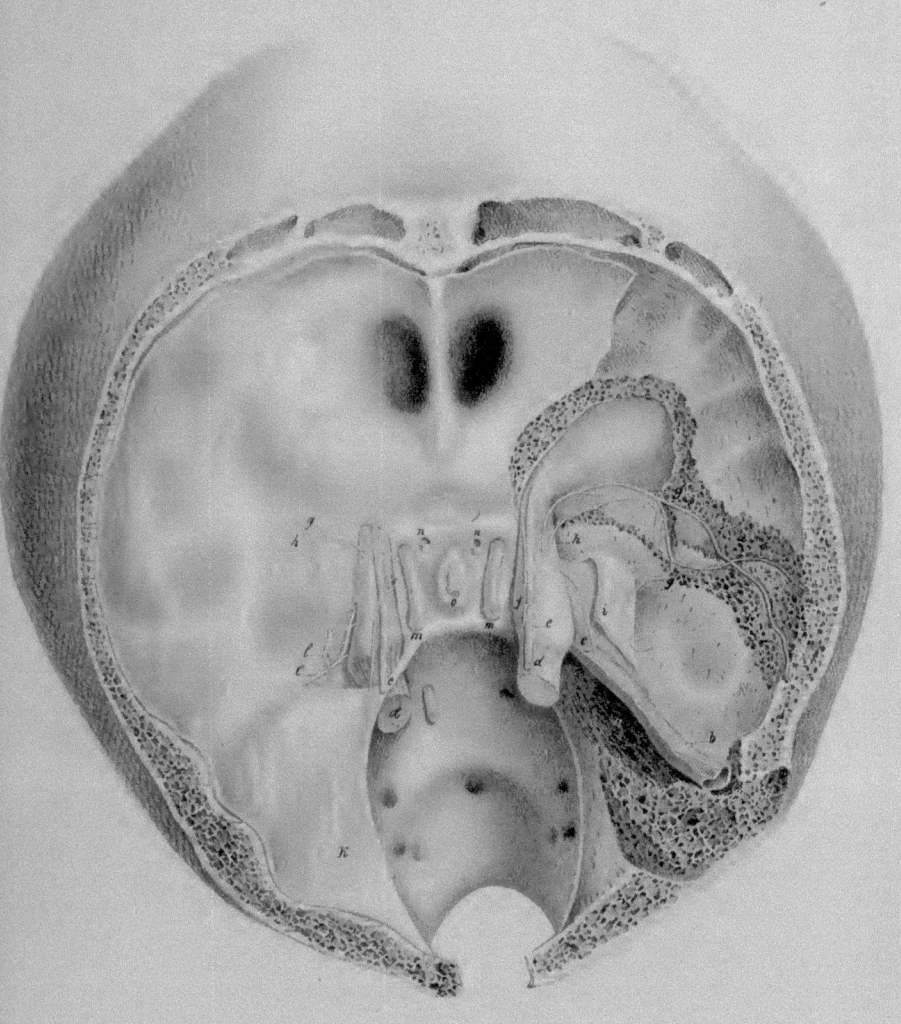

Nach der Natur und auf Stein gez. v Max Wieser.   ged v B Levi in Tübingen.